Concerto à la mémoire d'un ange

Eric-Emmanuel Schmitt

Concerto à la mémoire d'un ange

Albin Michel

L'empoisonneuse

– Attention, voici l'empoisonneuse !

Le groupe d'enfants se figea soudain, telle une main qui se referme. Ils coururent se réfugier au fond du lavoir, sous le banc de pierre, un coin frais, ombreux qui permettait de voir sans être vu ; là, histoire de s'effrayer davantage, les gamins suspendirent leur respiration.

Sous le soleil de midi, Marie Maurestier traversa la rue. C'était une grande femme de soixante-dix ans, lente, ridée, propre, raide et souvent agacée. Amidonnée dans un tailleur noir qui la sanglait au niveau de l'abdomen, elle avançait d'un pas parcimonieux, soit parce qu'elle redoutait la chaleur, soit parce que ses articulations enflammées retenaient sa marche crispée. Elle tanguait avec une majesté maladroite qui la rendait impressionnante.

Les enfants murmurèrent :

– Elle nous a repérés, tu crois ?

– Allez, on crie pour l'effrayer !

– Ne sois pas idiot. Elle ne craint rien ni personne. C'est plutôt toi qui devrais paniquer.

– Je n'ai pas peur.

– Si tu fais quelque chose qui ne lui plaît pas, elle te zigouillera ! Comme les autres.

– Je n'ai pas peur, je te dis…

– Ses maris, pourtant, ils étaient plus forts et plus costauds que toi.

– Pff ! Même pas peur…

Prudents, ils laissèrent Marie Maurestier s'éloigner, évitant toute apostrophe ou autre mauvaise plaisanterie.

Vingt ans plus tôt, après deux procès, la justice avait prononcé un non-lieu et sorti Marie Maurestier de la prison où elle avait séjourné en détention préventive. À Saint-Sorlin, la majorité des villageois considéraient Marie Maurestier comme innocente sauf les enfants qui préféraient croiser une meurtrière, afin de rendre leur vie dangereuse et merveilleuse. Or, la raison pour laquelle les adultes estimaient Marie Maurestier non coupable n'était guère plus rationnelle : les villageois refusaient l'idée de côtoyer un assassin en liberté, de lui donner le bonjour, de partager leurs rues, leurs commerces, leur église avec une tueuse ; pour leur tranquillité, ils avaient besoin qu'elle fût honnête, comme eux.

Personne ici ne l'aimait vraiment car la dame, fière, réservée, capable de reparties cinglantes, ne provoquait ni la sympathie ni l'affection mais chacun se réjouissait de la notoriété qu'elle avait apportée à l'agglomération. « L'Empoisonneuse de Saint-Sorlin », « la Diabolique du Bugey », « la Messaline de Saint-Sorlin-en-Bugey », pendant quelques saisons, ces titres fracassants ouvrirent les éditions des journaux, radios et télévisions. Tant de bruit avait attiré les curieux ; même si l'on jugeait cet intérêt malsain, le nom de Saint-Sorlin s'était retrouvé sur le devant de la scène, et cette soudaine renommée avait incité les automobilistes à quitter l'autoroute pour venir boire un verre au café, grignoter un plat à l'auberge, acheter du pain à la boulangerie, feuilleter la presse en espérant apercevoir Marie Maurestier. Les badauds s'étonnaient qu'un si joli village, paisible, semé de lavoirs recueillant l'eau des sources, dont les murs en pierre se couvraient aux beaux jours de roses ou d'églantines par milliers, qu'une commune blottie le long d'un bras du Rhône où foisonnaient truites et brochets, pût abriter une âme si noire. Quelle paradoxale publicité ! Si ce bourg de mille têtes avait possédé un syndicat d'initiative, il n'aurait pu inventer mieux que Marie Maurestier pour sa promotion ; d'ailleurs un jour, le maire, ravi de cet afflux touristique, n'avait-il pas, en une bouffée d'enthousiasme, déclaré à Marie Maurestier qu'il était « son fan numéro un » ? Inutile de préciser que la dame avait douché sa ferveur d'un regard froid appuyé par un silence hostile.

Son panier d'osier au bras, Marie Maurestier passa devant l'auberge sans jeter un œil à l'intérieur car elle savait que, derrière les fenêtres à petits carreaux verdâtres, les clients collaient leur nez aux vitres pour la scruter.

– C'est la tueuse !

– Qu'elle a l'air hautain...

11

– Plus snob qu'un pot de chambre !

– Quand tu penses que des hommes sont morts pour ça !

– Elle a été blanchie…

– Tu n'es blanchi que lorsque tu es sale, mon cher ! Le patron du restaurant à qui j'essayais de tirer les vers du nez tout à l'heure m'a dit qu'il n'y avait pas de fumée sans feu…

Si les habitants l'acquittaient, ils laissaient néanmoins planer le doute, car il était hors de question de décourager les visiteurs en les privant de cette attraction. Sans se faire prier, avec discrétion, ils indiquaient aux voyageurs le chemin qu'empruntait Marie Maurestier, son emploi du temps, ses habitudes, sa maison au sommet de la côte… Et quand on leur demandait s'ils la croyaient coupable, ils répondaient par un prudent « Qui sait ? ».

Du reste, ils n'étaient pas les seuls à cultiver le mystère : régulièrement, des émissions de télévision retraçaient le destin de Marie Maurestier en soulignant ses ambiguïtés et ses zones d'ombre ; quoique les journalistes fussent obligés de rapporter la décision de justice – sinon l'avocat de Marie Maurestier les astreignait à payer de rudes amendes –, ils suggéraient que le « nonlieu » reposait plus sur la « non-présentation de preuves concrètes » que sur la démonstration de l'innocence.

Dix mètres plus bas, devant l'enseigne du tapissier, Marie Maurestier s'arrêta et vérifia que son pire ennemi s'y trouvait. Bien vu ! Raymond Poussin, dos à sa vitrine, pérorait, ses échantillons de tissus à la main, à l'intention d'un couple qui lui avait confié un fauteuil à réparer.

« Cet abruti est aussi gros que l'étoupe dont il bourre les dossiers et aussi laid que le crin qu'il utilise », songea-t-elle. Elle le fixa d'un œil dur, n'entendant pas son discours, mais lui envoyant sa haine dans la nuque.

– La Maurestier, messieurs dames ? C'est la plus grande criminelle impunie qu'abrite la France. Trois fois, elle a épousé des hommes plus riches et plus âgés qu'elle. Trois fois, ils sont morts quelques années après le mariage. Pas de chance, n'est-ce pas ? Et les trois fois, elle hérite ! Ben oui, pourquoi changer ses bonnes habitudes ? C'est au troisième, Georges Jardin, un copain à moi, que les soupçons des cinq enfants ont déclenché une enquête : leur père était en parfaite santé, or, sitôt marié à la monstresse, il a décliné, s'est alité, et, deux semaines avant de crever, les a déshérités au profit de l'étrangère. Là c'était trop ! Les gendarmes ont déterré les cadavres des premiers maris sur lesquels les experts ont détecté des traces d'arsenic suspectes. On l'a bouclée en prison en attendant le procès mais c'était déjà trop tard, et pour les morts, et pour l'argent. Qu'est-ce qu'elle avait fait de sa fortune, la veuve joyeuse ? Elle l'avait dépensée pour un amant, Rudy, ou Johnny, ou Eddy, un nom comme ça, un nom d'Amerloque. Ah, celui-là, par contre, c'était un jeune – pas un débris comme les précédents –, un beau, un surfeur de Biarritz qui a bouffé tout son fric en vêtements, en voitures, au casino. Un gigolo le mec, un abruti, encore moins intelligent qu'une huître. Enfin, on ne va pas lui en vouloir, lui au moins, il lui a repris ce qu'elle avait piqué aux autres. Vous me direz qu'il y a une justice ? Ben non ! Elle l'a trucidé aussi, le play-boy. Pas pour son pognon mais parce qu'il l'avait larguée. On ne l'a jamais revu. La Maurestier, elle jure qu'il a filé hors des frontières. À mon avis, son cadavre pourrit au fond de la mer avec une pierre au pied. Une seule personne devait connaître ses crimes, sa sœur. Blanche. Une jolie fille un peu simple, que son aînée, la Marie Maurestier, protégeait depuis toujours. Comme quoi même une ordure peut nourrir un sentiment sincère ; y a des fleurs qui poussent sur la crotte. Oui, seulement sa sœur, elle est morte aussi ! En pleine instruction. Bon, là, d'accord, pas moyen de la désigner, la Maurestier, parce qu'elle était en préventive lorsque sa sœur a clamsé, et puis c'était dans un accident d'avion qui a pulvérisé cent trente-deux voyageurs en une seconde. Alibi parfait... Quelle veine, tout de même ! Semblerait qu'il y ait un dieu pour les scélérats ! Parce que à partir du moment où sa sœur, la niaise, qui se contredisait dès qu'on l'interrogeait, tantôt témoin à charge, tantôt témoin à décharge, a disparu, la Maurestier et son avocat ont commencé à se sentir tranquilles, à remonter la pente, à raconter les choses d'une façon qui disculperait la diabolique.

Marie Maurestier, depuis la rue, devina à la rougeur croissante et aux mouvements désordonnés de Raymond

Poussin qu'il parlait d'elle. Les clients, passionnés par l'affaire, n'avaient pas remarqué que la femme dont on les entretenait se dressait devant eux, derrière ce procureur qui lançait ses imprécations.

– Elle a exploité la mort de sa sœur à fond, la Maurestier ! En pleurant comme une fontaine, elle a répété que, après tout, c'était bien heureux que sa cadette soit décédée dans cette horrible catastrophe aérienne sinon on l'aurait accusée, elle, de l'avoir trucidée. On croyait qu'elle tuait les gens qu'elle aimait, ses maris, sa sœur ; on la supposait même coupable d'un meurtre sans cadavre, celui de Rudy, Johnny, Eddy – un nom de rocker –, son prétendu amant, alors que celui-ci s'était expatrié dans le but de fuir ses dettes ou les mauvaises affaires qui lui collaient au cul. On instruisait à charge, on la voulait criminelle quoi qu'il arrive. Son avocat a tenu cette ligne et ça a été payant. Des analyses ont montré que, dans les cimetières de la région, on utilisait un désherbant à l'arsenic et que, dès lors, tout cadavre exhumé après plusieurs années passait pour empoisonné, surtout s'il avait beaucoup plu. Elle et son avocat ont gagné les deux procès. Attention, mesdames, messieurs, je dis bien elle et son avocat. Ni la justice. Ni la vérité.

À cet instant, l'artisan sentit une douleur aiguë dans la nuque. Il y porta la main, craignant une piqûre d'insecte, puis se retourna.

Marie Maurestier le fixait. Le cœur du vieil homme s'affola, sa respiration s'interrompit.

Ils se contemplèrent quelques secondes, elle dure, lui paniqué. Depuis toujours, Raymond Poussin éprouvait des émotions trop fortes à proximité de cette femme ; autrefois, il avait imaginé que c'était de l'amour, au point de la courtiser ; aujourd'hui, il savait que c'était de la haine.

Après une bonne minute, Marie Maurestier décida de mettre fin à l'échange de regards en haussant les épaules puis reprit sa marche comme si rien ne s'était passé.

Droite, raide, elle longea la terrasse du café où son surgissement suspendit les conversations puis pénétra chez le boucher.

De nouveau, les bavardages se tarirent. Elle se rangea modestement derrière les autres clients quand le patron, semblant obéir à un accord tacite, abandonna le travail en cours pour signifier qu'il s'occuperait d'elle en priorité.

Nul ne protesta. Non seulement les gens reconnaissaient ce statut particulier à Marie Maurestier mais ils devenaient pensifs, douloureusement pensifs, dès qu'ils se trouvaient en sa présence. N'osant plus deviser devant elle, ni même lui adresser la parole tant sa légende dépassait sa personne, ils attendaient qu'elle s'éloignât au plus vite.

Pourquoi ne l'oubliait-on pas ? Pourquoi, innocentée, était-elle devenue un mythe ? Pourquoi revenait-on, dix ans, vingt ans après, sur son cas ?

Parce que Marie Maurestier possédait cette essentielle ambiguïté qui fait rêver le public, cette dualité qui fabrique les stars : son physique ne concordait pas avec son comportement. Dans la vie courante, une infirmière qui épouse ses riches patients âgés est plutôt jolie fille, séduisante, met ses formes en valeur par des vêtements sexy, bien ronde de partout et d'un certain endroit. Or Marie Maurestier, même jeune, n'avait jamais eu l'air jeune, présentant un corps flétri, ménopausé avant la ménopause ; ce grand cheval à la mise sévère, au visage fermé, s'affublait de chemisiers à cols montants, de lunettes envahissantes, de chaussures plus robustes que glamoureuses. Celle que les échotiers décrivaient comme une mangeuse d'hommes avait l'apparence d'une femme sans désirs ni sexualité. Quel lien établir entre ce faciès vertueux et ces mariages multiples, ou cette passion pour Rudy, l'amant chevelu, fumeur de joints, sportif à la chemise ouverte sur une poitrine bronzée ? Autre contradiction : pour les gens ordinaires, une empoisonneuse, surtout une empoisonneuse récidiviste, a des traits aigus, pointus, qui trahissent le vice, la vengeance, la méchanceté ; or Marie Maurestier évoquait plutôt l'institutrice scrupuleuse, voire – très pieuse, elle affichait sa foi – le professeur de catéchisme. Bref, quoi qu'on racontât sur elle, son aspect ne convenait jamais : il ne collait ni à ses amours ni à ses crimes.

– Il n'y pas de raison que je passe avant ces messieurs dames, murmura Marie Maurestier d'une voix humble, humide, comme si on lui offrait ce privilège pour la première fois.

– J'agis comme je l'entends dans ma boutique, madame Maurestier, répondit le boucher avec calme. Ces messieurs dames sont d'accord, n'est-ce pas ?

Les clients hochèrent la tête.

– Alors, du foie de veau pour moi et du mou pour ma chatte.

Malgré eux, les clients écoutèrent la commande comme la formule d'un éventuel poison.

Marie Maurestier n'avait-elle pas tout simplement un physique inoffensif ?

Sitôt qu'on l'observait, on en doutait... Par éclairs, ses yeux gris brillaient d'une dureté insoutenable. Lors du procès, si un regard avait pu tuer, sûr qu'elle aurait descendu son juge, l'avocat général et les témoins à charge ! Ses interventions s'étaient révélées coupantes, péremptoires : elle avait traité certains d'imbéciles, de crétins, de narcisses, puis avait déchiqueté leurs témoignages ; dans ces cas-là, elle se montrait d'autant plus formidable qu'elle visait juste. Il était difficile de réhabiliter ensuite ceux qu'elle avait déchirés, rien ne repoussait sur des terres qu'elle avait brûlées. L'intelligence de cette femme qui n'avait même pas l'air de l'être la rendait diabolique. Quelle que soit l'attitude qu'elle adoptât, elle troublait. Coupable ? Sa face sévère n'était pas assez vicieuse. Innocente ? Son visage manquait de tendresse. Vendre son corps à des barbons ? Non, il aurait déjà fallu que ce corps fût désirable, désiré, ou – au moins – désirant. Aimer sincèrement ces maris décatis ? On ne voyait pas d'amour en elle.

La vieille dame saisit les deux paquets que lui tendait le commerçant.

– Merci, Marius.

Le boucher frémit. Derrière la caisse, sa femme retint un hoquet. Dans la bouche de Marie Maurestier, l'usage du prénom devenait compromettant. En dehors de sa famille et de ses amis, personne au village n'attribuait son nom de baptême à M. Isidore car il n'était pas du genre à autoriser de telles familiarités. Sonné, il encaissa le coup tandis que sa femme, dents serrées, rendait la monnaie à Marie sans se permettre un commentaire : le couple s'expliquerait plus tard.

Marie Maurestier sortit en souhaitant une bonne journée à tout le monde. Un murmure empressé, confus lui rendit sa politesse.

Sur le trottoir, elle croisa Yvette et son bébé. Sans saluer la mère, elle fonça sur le nouveau-né.

– Bonjour mon chéri, comment tu t'appelles ? demanda-t-elle d'une voix sucrée.

À quatre mois, l'enfant ne pouvant évidemment pas répondre, Yvette répliqua à sa place.

– Marcello.

Snobant toujours l'adulte, Marie sourit au nourrisson comme si c'était lui qui avait parlé.

– Marcello ? Comme c'est joli... Tellement plus élégant que Marcel.

– Je trouve aussi, approuva Yvette, satisfaite.

– Tu as combien de frères et sœurs ?

– Deux sœurs, trois frères.

– Alors tu es le sixième ? C'est bien ça, c'est un bon chiffre.

– Ah bon ? s'exclama Yvette, surprise.

Sans relever sa question, Marie continua la conversation avec l'enfant :

– Et pourquoi Marcello ? Parce que ton papa est italien ?

La mère s'empourpra. Tout le village savait qu'Yvette, couchant avec n'importe qui, devait ignorer l'identité de ce père tout autant que celle des précédents.

Se tournant enfin vers Yvette, Marie lui adressa un grand sourire et pénétra à *La Galette Dorée*. Depuis la boulangerie, les gens avaient suivi la discussion et en éprouvaient de la gêne.

Marie Maurestier venait-elle d'être gentille ou méchante ? Impossible à dire. Quand Marie Maurestier émettait une opinion, on ne la jugeait pas sincère, on croyait qu'elle feignait. Quoi qu'elle exprimât par ses gestes ou par ses mots, elle traduisait surtout le contrôle : maîtrisant le moindre battement de cils, modulant sa voix avec virtuosité, elle semblait fabriquer ses apitoiements, ses colères, ses sanglots, ses silences, ses émois. Elle était une comédienne fascinante parce qu'on la voyait jouer. Chez elle, l'art ne se cachait pas pour donner l'illusion du naturel ; au contraire, l'art affirmait son caractère artificiel. Théâtrale, Marie Maurestier ne s'abandonnait jamais et demeurait consciente d'elle-même. Certains y voyaient la preuve de sa fausseté ; d'autres l'expression de sa dignité.

– Une demi-baguette s'il vous plaît !

Plus personne n'achetait de demi-baguette à part Marie Maurestier ; et si quelqu'un s'y risquait, le jeune boulanger indigné envoyait paître le radin. Or, le jour où il avait tenté d'expliquer à Marie qu'il vendait une baguette ou rien, celle-ci avait répliqué :

– Très bien. Quand vous serez capable de fabriquer un pain qui ne rassit pas en trois heures, je vous l'achèterai tous les deux jours. Prévenez-moi. D'ici là, ce sera une demi-baguette.

Alors qu'elle attendait la monnaie, une touriste ne put s'empêcher de s'écrier :

– Madame, est-ce que vous accepteriez de me laisser un autographe sur mon carnet ?

Marie se renfrogna, comme si elle allait se fâcher, mais articula avec clarté :

– Bien sûr.

– Oh, merci, madame, merci ! Je vous admire tellement, vous savez. J'ai vu toutes vos émissions à la télévision.

Marie jeta sur la femme un regard signifiant « Pauvre imbécile », apposa sa griffe, rendit le carnet puis repartit.

Comment Marie Maurestier vivait-elle cette célébrité que les ans n'érodaient pas ? Si elle donnait l'ostensible impression de la porter comme un fardeau, on devinait à certains détails qu'elle s'en amusait aussi ; citoyenne notable, elle acceptait avec naturel de trôner à la place d'honneur aux fêtes, noces et banquets. Lorsque les médias voulaient l'interroger ou la photographier, elle contactait aussitôt son avocat pour négocier une rémunération. L'hiver précédent, alitée par une méchante grippe, elle s'était réjouie secrètement que les habitants, inquiets de perdre leur monument historique, défilassent chez elle pour prendre des nouvelles. Cet été, une après-midi de canicule, lors d'un arrêt au café pour boire une menthe à l'eau, à court de monnaie, elle ne s'excusa pas auprès du limonadier, se contentant d'un : « Avec l'argent que je vous rapporte, vous pouvez bien me payer un verre. »

Lente, un peu voûtée, comme encombrée par son corps, elle rebroussa chemin et commença l'ascension de la pente qui conduisait chez elle. Avec le temps, elle endossait de mieux en mieux son rôle de victime ; désormais elle savait remarquablement garder une tête d'erreur judiciaire. Certes, au début, elle avait commis quelques bourdes : après sa libération par exemple, un magazine à fort tirage l'avait présentée, souriante, joyeuse, insouciante, dans son jardin, caressant sa chatte ou cueillant ses chères roses ; effet désastreux ; par sa gaieté choquante, elle ne ressemblait ni à une veuve – ce qu'elle était – ni à une femme brisée par des années de prison injustifiées – ce qu'elle était censée être ; aussitôt ce reportage paru, les articles haineux étaient revenus en masse, soulevant des doutes, traquant les zones d'ombre, essayant de réveiller la thèse de sa culpabilité. Par la suite, elle avait donc adopté un comportement humble, un profil de grand oiseau blessé, et n'en était jamais sortie.

Elle gravissait la rue autour de laquelle était construit le village. Sur la colline, au-dessus des toits et des platanes chauves, les vignes déployaient leur désolante régularité, décharnées, tristes comme un élevage de barrières, en ce mois de mars où seuls les bois tortueux serpentaient entre les fils de fer.

En passant devant la chapelle, elle tressaillit.

Une hymne sortait du bâtiment. Quoi ? Était-il possible que...

Marie se précipita sur les marches aussi vite que son arthrose et ses cors aux pieds le lui permettaient, poussa la porte dont la serrure gémit puis, immobilisée par la scène, laissa les flots de musique l'entourer tel un parfum capiteux, la frôler, la caresser, la pénétrer.

Un jeune prêtre jouait de l'harmonium.

Il était d'une beauté pure et indécente. Seul dans la nef, la peau aussi pâle que s'il se fût poudré, les lèvres dessinées en forme de baiser, il rayonnait, encadré par une lumière d'or qui coulait, complice, du vitrail jusqu'à ses épaules. Mieux éclairé que l'autel, plus attirant que le

Christ en croix, source des sons subtils qui montaient en volute jusqu'aux voûtes, il était devenu le centre de l'église. Fascinée par ses mains blanches qui caressaient les touches, elle le contempla avec l'émotion qu'on éprouve devant une apparition jusqu'à ce qu'au-dehors la pétarade d'une mobylette détournât leur attention vers l'entrée.

Découvrant la présence d'une visiteuse, le prêtre s'interrompit et se leva pour la saluer.

Marie Maurestier manqua défaillir. Mince, incroyablement long, d'une virilité adolescente, il s'éclaira en la regardant, tel un amant qui retrouve sa maîtresse. C'est tout juste s'il n'ouvrit pas les bras pour l'accueillir.

– Bonjour ma fille. Je suis très heureux d'être affecté ici, à Saint-Sorlin. Je sors du monastère, ce sera ma première paroisse. Ne suis-je pas chanceux de débarquer dans un aussi joli village ?

Troublée par le velours sombre et riche de sa voix, Marie bafouilla que c'était la commune qui devait se réjouir.

Il s'approcha, vif.

– Je suis l'abbé Gabriel.

Elle frissonna. Un nom d'ange qui contrastait avec son timbre grave.

– À qui ai-je l'honneur ? demanda-t-il, étonné qu'elle ne se présentât pas.

– Marie…

Elle hésitait à révéler son patronyme. Elle avait peur que son nom, qui avait ponctué tant de pages de la rubrique criminelle, endeuille ce visage, souille ce sourire d'enfant. Néanmoins, elle se risqua.

– Marie Maurestier.

– Enchanté de vous connaître, Marie Maurestier.

Le souffle coupé, elle constata qu'il n'avait pas marqué de recul – ni effarement ni désapprobation – en entendant son identité : sidérant ! Inédit... Il l'abordait telle qu'elle était, sans la juger, sans l'enfermer dans une cage de bête curieuse.

– Fréquentez-vous parfois l'église, Marie ?

– Je viens à l'office tous les jours.

– Votre foi n'a jamais connu de crise ?

– Dieu ne supporterait pas mes caprices. Si je n'étais pas à sa hauteur, il m'y remettrait sur-le-champ.

Elle avait voulu livrer une pensée humble et s'aperçut qu'elle avait prononcé une sentence plombée d'orgueil. Se mettre au niveau de Dieu ! Appelée par lui en sus ! L'abbé Gabriel, après une seconde de flottement, sut recevoir l'essentiel du message.

– La foi est une grâce.

– Exactement ! Quand on a la croyance qui flanche, Dieu nous botte le cul pour croire de nouveau.

Elle-même était surprise par son discours. « Botte le cul » ! Pourquoi avait-elle employé cette expression étrangère à son vocabulaire ? Que lui prenait-il ? Elle braillait comme un militaire en manœuvre, avec verdeur, impétuosité. Avait-elle besoin de jouer l'homme en face d'un être si doux ? Confuse, elle baissa les yeux, prête à admettre sa faute.

– Eh bien ma fille, rendez-vous à sept heures pour l'office ?

Elle ouvrit une bouche ronde, puis approuva du chef. « Il m'a pardonné, songea-t-elle. Quel homme merveilleux ! »

Le lendemain, elle se rendit la première à l'église pour la messe froide du matin.

Lorsque l'abbé Gabriel sortit de la sacristie, une écharpe en soie verte sur son aube immaculée, elle resta un instant éblouie : il était aussi frais et charmant que dans son souvenir. Avec lui, elle poussa les prie-Dieu, écarta les chaises branlantes, arrangea les bouquets, empila les missels, comme s'ils préparaient ensemble une réception pour leurs amis.

Les pratiquants du village arrivèrent. Âgés en moyenne de quatre-vingts ans, noirs de vêtements et gris de cheveux, ils demeurèrent groupés près de l'entrée, réticents à s'approcher, non par hostilité envers le remplaçant mais histoire d'exprimer par leur réserve qu'ils appréciaient beaucoup son prédécesseur.

Comme s'il les comprenait, l'abbé Gabriel alla au-devant d'eux, se présenta, trouva les mots appropriés pour honorer l'abbé mort centenaire, puis les encouragea à se placer dans les rangs jouxtant le chœur.

Tandis qu'il montait vers l'autel, Vera Vernet, à laquelle Marie ne pensait jamais autrement que sous l'appellation « la vieille bique », marmonna sous sa moustache :

– Ce n'est pas sérieux, l'évêché se moque de nous : il est beaucoup trop jeune. On nous a envoyé un séminariste !

Marie ne répondit pas, souriante. Elle avait l'impression d'assister pour la première fois à un office. Par sa ferveur, par son engagement dans chaque mot et chaque geste, l'abbé Gabriel réinventait la messe chrétienne. Il vibrait en lisant l'Évangile, plongeait yeux fermés dans les prières comme si son salut en dépendait. La façon dont il accomplissait le rituel sentait l'urgence, pas la routine.

Marie Maurestier regarda les vénérables paroissiens autour d'elle, lesquels semblaient décoiffés par ce qui arrivait ; on aurait cru qu'ils se tenaient non sur un banc d'église mais sur le siège d'un avion en train de franchir le mur du son. Ils se laissaient néanmoins gagner par l'ardeur de l'abbé et, peu à peu, mirent un point d'honneur à ne pas se comporter en tièdes catholiques. Ils se levaient, s'asseyaient, s'agenouillaient sans rechigner, maltraitant leurs grinçantes articulations ; ils chantaient à pleine voix ; ils déclamaient le Notre Père en faisant sonner les mots et en lestant les formules de sens. Après une demi-heure, on ne savait plus qui séduisait qui – le prêtre ses ouailles ou les ouailles leur prêtre –, tant tous rivalisaient d'enthousiasme ; même cette chèvre de Vera Vernet prit une figure inspirée pour recevoir l'hostie.

– À demain mon père, murmura Marie en descendant les marches de la chapelle.

Elle frissonna. Quel délice : dire « mon père » à un si jeune homme alors qu'on est si âgée !

Au sortir de l'office, Marie arborait un sourire radieux qu'elle alla cacher chez elle. Heureuse de la venue de l'abbé, elle éprouvait une fierté saugrenue : la victoire de Gabriel lui paraissait aussi la sienne.

Gabriel ne fut pas long à conquérir la faveur du village. En quelques jours, par sa présence dans les rues, au café, à la cure où il ouvrit un cours d'alphabétisation en plus des cours de catéchisme, il confirma ses bons débuts : il plaisait, il convainquait. Rapidement, ses offices attirèrent les fidèles d'autres communes. Saint-Sorlin se félicita de posséder un tel prêtre. Même les mécréants le trouvaient épatant.

Marie écoutait la rumeur croissante comme une mère reçoit des compliments sur son fils. « Ah, enfin, ils en mettent du temps à comprendre ce que j'avais perçu tout de suite. »

Sans s'en rendre compte, elle changeait au contact de l'abbé. Certes, ses horaires, ses habitudes – rigides – ne bougeaient pas mais venaient s'y ajouter des émotions insolites.

À six heures sonnantes, au saut du lit, elle songeait que Gabriel se réveillait simultanément. Pendant qu'elle se lavait, nue, devant le miroir de son lavabo, elle imaginait qu'il se préparait, nu lui aussi, à leur proche rendez-vous. Lorsqu'elle passait, haletante, le seuil de l'église, elle entrait autant chez Dieu que chez Gabriel. À l'époque de l'ancien prêtre, l'église de Saint-Sorlin sentait Dieu comme une boucherie sent le cadavre, par des relents fades et écœurants de décomposition ; depuis que Gabriel l'avait investie, ce n'étaient qu'odeurs de lis, d'encens, de cire au miel, les vitraux étaient propres, la dalle récurée, les nappes d'autel repassées, bref, on avait l'impression que Dieu et le petit jeune homme s'étaient installés en ménage dans un coquet pavillon.

Au moment où Gabriel poussait la porte de la sacristie, étincelant dans son écharpe de soie verte, et disait « Bonjour mes filles, je suis enchanté de vous voir », elle s'appropriait la phrase. En obtempérant aux ordres, « À genoux », « Debout », « Chantons », « Prions », elle obéissait à l'homme autant qu'à la liturgie. Dévote, elle buvait ses paroles. Quelle différence avec son comportement d'autrefois quand, lors des sermons, elle apprenait par cœur les noms, prénoms, dates qu'énuméraient le long de l'allée les plaques de marbre dédiées aux grands morts de la commune ! Grâce à Gabriel, la force et la subtilité des Évangiles lui apparaissaient car non seulement il les racontait de façon singulière mais elle le voyait dans le rôle de Jésus, beau, fragile, dévoré par l'amour qu'il portait aux hommes, aux femmes. Souvent, elle se glissait elle-même dans la peau de Marie-Madeleine, et, face à Jésus-Gabriel, elle vibrait de tendresse, le nourrissant, lui lavant les pieds, les essuyant ensuite avec ses cheveux dénoués ; les récits sacrés prenaient sens parce qu'ils prenaient chair.

En revanche, elle supporta mal de voir débarquer, chaque dimanche, des gens qui, d'ordinaire, ne fréquentaient pas l'église. Un matin, seule avec lui, elle éprouva le besoin de les dénoncer.

— Vous savez, mon père, les Dubreuil, les Morin, les Desprairies et les Isidore, ils ne venaient pas à la messe auparavant.

— Tant mieux, il n'est jamais trop tard. Rappelez-vous la parabole sur l'ouvrier de la dernière heure.

— Je me demande si Jésus avait réfléchi à ce que penseraient les ouvriers de la première heure en découvrant les largesses qu'il réservait aux retardataires.

— Jésus y avait réfléchi : il savait que les croyants de la première heure avaient eu le loisir de développer la bonté en eux.

Sans saisir que cette réplique la visait en l'incitant à montrer plus de gentillesse, elle conclut d'un ton ronchon :

— Mouais… Ces touristes, ils viennent à la messe par attrait pour la nouveauté. « Balai neuf balaie bien », disait ma grand-mère.

— S'ils viennent par curiosité, à moi de les retenir ensuite, ma fille. J'espère que j'y parviendrai.

Elle le scruta, passionné, bon, ignorant la mesquinerie. Rougissante, elle regretta son pessimisme et décréta, sincère :

– Vous réussirez, mon père. Vous les transformerez en fidèles, je n'en doute pas.

En fait, ce qu'elle désirait, c'était juste un traitement de faveur ; elle tolérait que le curé s'occupât de tous, provoquât des conversions, voire des miracles, du moment qu'il lui réservait une attention spéciale. Jamais elle n'aurait eu l'idée de désigner ces sentiments complexes du simple mot de jalousie.

Aussi ne considéra-t-elle pas d'un bon œil l'irruption d'Yvette dans la chapelle.

Yvette, c'était une paire de cuisses. S'il y a des femmes dont on remarque d'abord les yeux, la bouche, ou le visage, Yvette offrait, elle, une paire de cuisses. On avait beau se forcer à se concentrer sur ses traits lorsqu'elle bavardait, dès qu'on n'y était plus contraint, on fixait ses cuisses. Deux colonnes de chair, chaudes, laiteuses, au grain de peau si fin qu'on avait envie de les toucher, de vérifier de la main leur douceur. Quelle que fût sa tenue, ses cuisses l'emportaient ; sur elle, une robe courte donnait l'impression d'avoir été coupée pour laisser voir les cuisses, les jupes s'écartaient pour que vivent les cuisses, les shorts se réduisaient à des écrins à cuisses, et même les pantalons devenaient des moules à cuisses. Marie était tellement persuadée qu'Yvette se resumait à une paire de cuisses que quand celle-ci lui adressait la parole elle ne répondait pas à la femme greffée au-dessus.

Il faut préciser en sus qu'Yvette était la pute du village. Une pute occasionnelle. Quand elle ne bouclait pas ses fins de mois – c'est-à-dire chaque mois –, Yvette, laquelle avait six enfants à nourrir, vendait son corps aux hommes. C'était d'ailleurs ça son problème : tout le monde la tenait pour une pute, sauf elle ; tout le monde l'acceptait comme une pute – parce qu'il en faut bien une, comme aurait dit la grand-mère de Marie –, sauf elle. Du coup, sitôt qu'elle entendait les quolibets fuser ou qu'elle était frôlée par des regards concupiscents, elle souffrait, prenait des airs outragés, se drapait dans son orgueil blessé, arborant à la boutonnière, telle une médaille de martyr, l'ultime outrage subi.

Marie la trouvait ridicule mais elle s'alarma de voir rôder cette paire de cuisses obscènes autour du prêtre.

– Sale truie !

Marie ne supportait plus de voir le jeune abbé sourire à Yvette comme aux autres, lui serrer la main, l'accueillir avec attention.

– Le pauvre, il est si innocent qu'il ne remarque pas son petit jeu. Cependant c'est tout de même un homme. Elle va finir par y arriver…

Car pour elle, aucun doute : Yvette voulait culbuter le prêtre.

Lorsque, une après-midi où elle venait changer les

fleurs de l'autel, elle découvrit Yvette jaillissant avec fracas du confessionnal, les cuisses nues, les larmes enflant les paupières, le teint empourpré d'une femme qui a joui, elle pensa que le pire s'était produit. Marie faillit se jeter sur elle, la gifler. Heureusement, l'abbé Gabriel sortit à son tour, affichant un air paisible, frais, pur. Marie laissa la jeune femme, bouleversée, quitter l'église en claquant la porte, puis se dirigea vers le vase au bouquet fané.

« L'abbé vient de la repousser, songea Marie, et pour cette raison, la paire de cuisses est furieuse. »

Son cœur reprit un rythme normal tandis qu'elle échangeait les lis pourrissants contre ceux qu'elle venait de couper dans son jardin.

L'abbé s'approcha d'elle, triste. Elle le dévisagea. Il s'en voulut d'avoir été surpris en flagrant délit d'inquiétude et détourna la face.

Marie décida de profiter de cette intimité :

– Elle est jolie, n'est-ce pas, Yvette ?

Étonné, il bredouilla quelque chose d'indistinct. Marie insista :

– Non ? Vous ne la trouvez pas jolie ?

– Je ne regarde pas mes fidèles de cette manière.

Sa voix s'était raffermie. La sincérité de l'abbé rassura Marie, bien que sa mauvaise humeur persistât, comme une soupe qui continue à bouillir après qu'on a baissé le feu sous la casserole.

– Mon père, j'imagine que vous savez qui est Yvette ?

– Que voulez-vous dire ?

– C'est la prostituée du coin. Elle ne vous l'a pas caché, tout de même ?

– Elle ne m'a rien caché : elle est une grande pécheresse. Pourquoi croyez-vous que je lui voue autant de temps ?

– Vous vous passionnez pour ses fautes ?

– Pas du tout. Ne suis-je pas là pour guérir les âmes en détresse ? C'est paradoxal au fond : je dois m'adonner davantage aux âmes noires qu'aux âmes transparentes.

Cette phrase provoqua un éblouissement en Marie. Ainsi, c'était cela ? L'abbé Gabriel consacrait plus de soin au vice qu'à la vertu ? Pourquoi n'y avait-elle pas songé plus tôt ?

– Mon père, pouvez-vous recevoir ma confession ?

Ils entrèrent dans la boîte en bois ciré. Marie n'était séparée du jeune prêtre que par une grille très fine, elle avait l'impression de le toucher.

– Savez-vous, mon père, que j'ai été accusée il y a quelques années d'avoir assassiné plusieurs hommes ?

– Je le sais, ma fille.

– On a prétendu que j'avais empoisonné mes trois maris et trucidé un quatrième, censé être mon amant !

– Oui, j'ai eu connaissance de votre calvaire. Je sais aussi que la justice des hommes vous a lavée.

– Aussi vous comprendrez pourquoi je n'ai guère de considération pour la justice des hommes.

– Je ne saisis pas…

– Je ne crains que la justice de Dieu.

– Vous avez raison.

– Car si, devant les hommes, je suis maintenant sans faute, devant Dieu je reste pleine de péchés.

– Bien sûr. Comme nous tous.

– Oui, mais à ce point-là…

Elle se pencha vers lui et chuchota :

– Je les ai tués.

– Qui ?

– Mes trois maris.

– Oh, mon Dieu !

– Et Rudy aussi, mon amant.

– Malheureuse…

Elle ajouta, avec une joie mauvaise :

– Et sa maîtresse aussi, Olga, une Russe. Là, vous allez rire, on ne m'en a jamais accusée parce qu'on ne s'est pas aperçu de sa disparition. Il n'y avait personne pour regretter ce cafard.

– Jésus, Marie, Joseph, venez-nous en aide au plus vite !

Le jeune prêtre se signa plus par conjuration que par haute spiritualité : il était paniqué par les crimes qu'elle dévoilait.

Marie Maurestier savourait son effroi avec délectation. Aux oubliettes, la Yvette ! Marie occuperait le premier rang !

Ce jour-là, elle lui narra le plus ancien de ses meurtres. Pour ne pas trop le choquer, pour ne pas le dégoûter non plus, elle lui présenta cet empoisonnement comme un acte de compassion : son pauvre mari souffrait tant qu'elle avait agi davantage en infirmière qu'en homicide ; à l'entendre, elle ne l'avait pas assassiné, mais euthanasié, son Raoul.

Le jeune prêtre l'écoutait, livide, réprobateur, horrifié.

Il la quitta sans un mot, se contentant de tracer une croix sur elle.

Le lendemain, à l'office de sept heures, elle devina à ses cernes mauves qu'il avait peu ou mal dormi.

Après déjeuner, en entrant dans le confessionnal, il lui confirma qu'il avait manqué de sommeil.

Cet aveu la ravit : elle s'était emparée de lui, il s'était tourné et retourné entre ses draps en songeant à elle. Puisqu'elle avait fait pareil de son côté, on pouvait presque dire qu'ils avaient passé la nuit ensemble.

Cette après-midi-là, elle revint sur son crime inaugural, celui de Raoul, et, d'instinct, sans vraiment savoir pourquoi, lui débita d'une tout autre manière, d'une façon plus noire, plus réaliste, en accentuant son dégoût pour cet homme sénile, sa haine pour les attouchements auxquels il la forçait. Tout en se peignant comme une jeune femme victime d'un fossile libidineux, elle démasquait ses sentiments obscurs, ses calculs, ses désirs criminels ; elle décrivit en détail ce long empoisonnement à l'arsenic sur neuf mois afin que la dose devienne fatale sans être repérable, son soulagement lors du décès, sa comédie de veuve éplorée aux obsèques, sa gaieté de recevoir l'argent, la maison, sans plus avoir de comptes à rendre à quiconque.

Chaque jour, elle vint à l'église déballer ses crimes. Chaque nuit, le jeune homme, obsédé par le récit de ces horreurs, perdait quelques heures de sommeil.

En se racontant, Marie jouissait de s'exprimer enfin, d'exhiber ses souvenirs et surtout de se découvrir des mobiles insoupçonnés. Car si les meurtres demeuraient, ses raisons de les commettre variaient du lundi au dimanche. Quelle était la bonne ? Celle du mardi, du mercredi, du vendredi ou du samedi ? Toutes. Elle raffolait de ces nuances ; alors que pendant des années elle avait dû s'en tenir à la version « non coupable », explorer la version « coupable » lui permettait de saisir la complexité de ses comportements, les couleurs infinies de ses intentions ; Marie jubilait de se révéler si riche, si diverse, si profonde... Une faculté supplémentaire lui était donnée : non seulement, elle avait exercé un droit de vie et de mort sur ses hommes, mais elle exerçait maintenant un droit de vérité sur ses actes, fouillant, interprétant, réexaminant, fracassant les clichés, romancière d'elle-même.

Elle asseyait son empire sur le jeune curé. Il ne dormait plus. Incapable de s'intéresser à un sujet différent, il attendait autant qu'il redoutait leurs rencontres au confessionnal. Sa fraîcheur s'étiolait. On aurait dit que Marie l'emmenait dans son univers, son âge, sa fatigue, sa laideur... Elle, naturellement, ne s'en rendait pas compte et continuait à le voir comme auparavant.

Le moment le plus intense pour le prêtre et la pécheresse fut celui où elle évoqua son amant, Rudy le surfeur, la seule passion sensuelle de son existence, une passion d'autant plus vigoureuse qu'elle avait été inattendue, Marie n'appréciant pas le sexe avant lui. Surprise de songer à un homme du matin au soir, elle avait d'abord cru qu'elle l'aimait d'amour jusqu'à ce qu'elle réalise qu'elle souhaitait surtout ses caresses, son corps contre le sien, ses poils blonds, son odeur. Rudy avait ce quelque chose qui agace, qui retient, qui titille ; il savait créer une atmosphère de sensualité autour de lui, puissante lorsqu'il était là, exaspérée sitôt qu'il partait. Parler d'un homme qu'elle avait éperdument désiré à Gabriel engendra une fièvre confuse, torride, où le passé contaminait le présent ; elle sortit du confessionnal dévorée par l'envie d'embrasser les lèvres du jeune homme, de lui arracher sa soutane pour explorer avec ses doigts le grain de sa peau. Sa passion pour Gabriel monta d'un cran.

Depuis que le printemps s'épanouissait, leurs huis clos quotidiens dans le confessionnal exigu devenaient suffocants. L'un et l'autre se séparaient épuisés, exsangues, mais reprenaient des forces pour se retrouver.

Elle éprouvait un plaisir gaillard à choquer Gabriel, un peu comme s'ils étaient dans un lit et qu'elle le dégourdissait en lui apprenant des raffinements sensuels, osés, inattendus, interdits. Ainsi, elle insista sur la brutalité avec laquelle elle avait noyé son amant : une impulsion. Il faut dire que Rudy avait tellement bu ce soir-là qu'il n'avait plus la vigueur ni la sagacité suffisantes pour lui opposer une résistance dans sa baignoire. Elle souligna ensuite le sang-froid qu'elle avait déployé pour masquer le crime ; elle adora narrer comment elle et sa sœur Blanche enroulèrent le cadavre dans un tapis, le jetèrent au fond d'une voiture volée, parcoururent sept cents kilomètres, empruntèrent une barque en Bretagne la nuit ; le mort lesté de pierres, plongé dans les eaux noires ; le retour au petit matin ; le nettoyage intégral de la voiture ; puis celle-ci abandonnée avec ses clés au milieu d'un parking fréquenté par des voyous pour qu'ils y déposent leurs empreintes. Cela se passait loin de Saint-Sorlin, à Biarritz où l'héritage de ses trois premiers maris lui permettait de louer une maison.

Pour la seule fois de sa vie, elle dévoila l'épisode d'Olga, la maîtresse de Rudy, la régulière, celle qu'il rejoignait entre ses liaisons avec des femmes mûres. Olga, inquiétée par l'absence de son homme, avait fait irruption chez Marie et hurlé qu'elle la soupçonnait d'avoir trucidé le surfeur, qu'elle allait la dénoncer à la police. Sans trahir son émotion ni sa crainte, Marie avait affirmé que Rudy s'était réfugié à l'étranger et qu'il lui avait confié une somme d'argent à lui remettre. Le miroitement du gain rendit crédible le mensonge et retint la Russe d'aller au commissariat. Marie lui donna rendez-vous la nuit, sur la terrasse d'un bar où gravitait toute la jeunesse des environs. Là, elle tendit une enveloppe contenant quelques billets, glissa du poison dans le cocktail de la jeune femme, lui promit le reste de l'argent pour le lendemain matin, et la laissa en compagnie des noceurs.

Bien que la presse ou les autorités n'aient jamais mentionné la disparition d'Olga, Marie était convaincue que la jeune femme était morte, parce que la Russe n'était pas venue réclamer son dû.

En l'entendant parler des meurtres, de la pègre, des chantages, de la corruption, Gabriel se trouvait au bord du malaise. Marie appréciait son trouble, elle avait l'impression de l'initier à la véritable existence, au monde tel qu'il est, violent, hostile. Elle le déniaisait en quelque sorte.

Désormais, Yvette pouvait pleurer seule dans son coin, Gabriel la repoussait sitôt qu'elle s'approchait, certifiant qu'il lui consacrerait un moment dès qu'il en aurait l'occasion. Il expédiait au plus vite les autres pénitents. S'il assurait toujours magnifiquement ses offices, il n'était plus libre, obsédé par les aveux de l'empoisonneuse, hanté par ses assassinats. Marie Maurestier avait gagné. Elle régnait sur lui et sur le village.

Enchantée qu'il détînt ses secrets, elle raffolait de le voir mentir à son sujet, tenir tête aux vieilles peaux aigries qui s'étonnaient, de leurs laides voix de canards, qu'il lui consacrât tant d'heures.

– Vous n'allez pas nous dire qu'elle est innocente, monsieur l'abbé ? Sinon, pourquoi campe-t-elle dans votre confessionnal ?

– C'est une âme qui a souffert de terribles injustices, comme par exemple les horribles accusations que vous portez vous-même en ce moment, ma fille, sans aucun esprit de bonté.

Mieux que son confident, il devenait son complice. Ils ne partageaient pas seulement la vérité, ils partageaient aussi le crime. N'en commettaient-ils pas un ensemble ?

Elle s'enivrait de cette connivence.

Après cinq semaines de confessions, elle réalisa qu'elle s'était exhaustivement racontée. Elle aligna encore quelques vilenies commises pendant ses deux procès, consciente qu'elle tirait là ses dernières cartouches et que bientôt elle se retrouverait sans munitions.

Elle craignit que cela sonne le glas de sa suprématie.

Ce mercredi-là, le jeune prêtre annonça aux fidèles qu'il s'absenterait le lendemain et le surlendemain. Voilà ! Sans plus de précisions ! Brutalement ! À elle aussi, il n'en dit pas davantage.

Que se passait-il ?

La fuyait-il parce qu'elle ne nourrissait plus sa curiosité choquée ? Elle n'allait pas s'inventer de nouveaux crimes, tout de même ! Fallait-il, pour le retenir, qu'elle mente, qu'elle se transforme en Schéhérazade ?

Ces longues heures sans Gabriel lui parurent invivables. Elle souffrit. Quoi ! Se mettre nue devant un prêtre et ne récolter que ça, son silence, sa fuite... Décidément, Gabriel ne valait pas mieux que les autres.

Lassée, dégoûtée, déprimée, le vendredi soir à sept heures, elle découvrit des plaques d'eczéma sur ses chevilles. Pour se punir de l'attendre, elle posa ses pieds sur un tabouret puis se gratta jusqu'au sang. La maison craquait d'ennui. Dans l'odeur de toile cirée qui imprégnait son logis, elle ne parvenait à fixer son attention sur rien, ni sur le fer à cheval rouillé au bord de sa fenêtre, ni sur le calendrier du facteur, encore moins sur les journaux de petites annonces.

À huit heures, on sonna à sa porte.

C'était lui.

La joie la souleva. S'il était parti, c'est à elle qu'il

revenait d'abord. Elle cacha ses jambes, le pria d'entrer, voulut lui servir à manger ou à boire. Grave, il refusa et tint à demeurer debout.

– Marie, j'ai beaucoup songé à ce que vous m'avez dit, à ces terribles révélations dont je suis le dépositaire, un dépositaire muet car je ne trahirai jamais le secret de la confession. Voilà, je me suis éloigné deux jours pour réfléchir. J'ai consulté mon évêque, ainsi que le père qui m'a formé au séminaire. Sans vous citer, j'ai évoqué votre cas afin de savoir quelle conduite tenir. J'ai pris une décision. Une décision qui nous concerne tous les deux.

Solennel comme s'il la demandait en mariage, il lui saisit les poignets avec fermeté. Elle tressaillit.

– Vous avez exposé vos péchés à Dieu.

Il pressa ses doigts.

– Maintenant, vous devez avouer vos fautes aux hommes.

Marie retira ses mains et fit un pas en arrière.

Il insista.

– Si, Marie ! Vous devez endosser vos crimes. C'est mieux pour la justice. C'est mieux pour les familles des victimes. C'est mieux pour la vérité.

– Je me fous de la vérité !

– Non. La vérité vous importe puisque vous me l'avez dite.

– À vous ! Juste à vous ! À personne d'autre !

Horrifiée, elle constatait qu'il n'avait rien compris. Elle ne servait pas la vérité, elle *se* servait de la vérité ! Elle ne l'avait utilisée que pour le captiver, le séduire. Contrairement à ce qu'il supposait, ce n'était pas à Dieu qu'elle parlait, mais à lui, à lui seul.

Il secoua la tête.

– Je veux que vous vous libériez aussi aux yeux des hommes. Retournez voir le juge et racontez-lui tout.

– Avouer ? Jamais ! Je ne me suis pas battue pendant des années pour ça ! On voit que ce n'est pas vous qui avez subi deux procès... J'ai gagné, vous comprenez ? Gagné !

– Gagné quoi, Marie ?

– Mon honneur, ma réputation.

– Un faux honneur... une fausse réputation...

– Dans ce domaine-là, il n'y a que les apparences qui comptent.

– Pourtant votre honneur et votre réputation, vous les avez bien sacrifiés. À moi, vous vous êtes présentée avec votre fardeau.

– À vous, oui. À vous seul.

– À Dieu aussi.

– Oui...

– Or Dieu, comme moi, vous a acceptée telle que vous êtes : coupable. Et Dieu, comme moi, continue à vous aimer.

– Ah bon ?...

Il lui reprit les mains, les pétrit entre les siennes, si chaudes, si douces.

– Dites la vérité, Marie, dites-la à tout le monde. Je vous aiderai, je vous porterai. C'est mon but désormais. Je n'habite ce village que pour ça, pour vous ; vous êtes ma raison d'être, ma raison de prier, ma raison de croire. Marie, vous êtes ma mission. Je vous bousculerai, je réveillerai la grande chrétienne qui est en vous. Au feu de ma foi, j'enflammerai la vôtre. Ensemble nous réussirons. Vous le ferez pour moi, vous le ferez pour vous, vous le ferez pour Dieu.

Marie le contempla avec des yeux nouveaux. Sa mission ? Avait-elle bien entendu ? Elle était sa mission ?

Lorsqu'elle sourit, il pensa qu'il allait l'emporter.

Les mois d'été qui suivirent furent les plus heureux qu'elle vécût jamais. Gabriel ne la quittait plus. Il se levait pour la voir, il ouvrait l'église pour qu'elle y entre, il expédiait ses repas pour la retrouver au plus vite, il la confessait chaque après-midi, puis, à la cure, chez lui, ou dans le salon, chez elle, il discourait sans fin, inspiré, flamboyant, passionné.

Marie jouissait de ce privilège avec cynisme : elle avait arraché Gabriel aux autres. Gagné ! Gagné une fois de plus ! Oh, il pouvait s'épuiser en mots, en sourires, en gestes doux, en arguments subtils, elle ne lui obéirait pas. Inutile, puisque c'était lui qui lui obéissait.

Sa félicité négligeait cependant la puissance de conviction qui habitait l'abbé.

Le piège qu'elle n'avait pas vu, c'est que Gabriel, par son insistance, l'emmenait sur le terrain de l'échange et de la discussion. Dès juillet, pour ne pas être en reste, elle lui répondit, s'enhardit, s'aventura dans le champ des idées. Or là, en ces terres, il était mieux préparé qu'elle. Progressivement, sans qu'elle s'en rendît vraiment compte, tandis qu'elle s'imaginait lui résister, il l'influençait, la transformait, proposait des bases neuves à sa réflexion, rendait familiers des idéaux qui lui étaient jusqu'alors étrangers.

Déjà, elle ne parlait plus de Dieu comme avant.

Jadis, Dieu appartenait à sa panoplie d'armes ; elle disait « Dieu » comme on tire un coup de carabine ; avec son « Dieu » prononcé fort, elle obtenait, péremptoire, le silence, elle chassait les intrus, elle faisait le vide autour d'elle. Parfois, s'il fallait insister, argumenter, elle développait en citant pêle-mêle les Évangiles et les Pères de l'Église, lâchant la grenaille contre ses adversaires pour les repousser, les blesser, sinon les tuer : elle visait juste, vite, bien. Dieu lui avait tour à tour permis d'établir sa réputation de vertu et d'endurer les chicanes qu'on lui avait cherchées.

Elle voyait maintenant Dieu non pas comme un dieu terrible, vengeur, mais comme une fontaine de tendresse. Lorsque Gabriel, qui disait « le bon Dieu » plutôt que « Dieu », murmurait le nom du créateur, il donnait l'impression d'évoquer une source vitale, le meilleur vin à boire, voire le remède à tous les maux. À ses côtés, Marie s'initiait à une nouvelle théologie, renonçant à son ancien shérif pour le dieu d'amour, un Jésus bienveillant, clément, haut d'un mètre quatre-vingt-quinze, comme Gabriel, et qui portait les traits de Gabriel.

Avant lui, elle s'astreignait à une piété étroite, répétitive, rassurante à force d'ennui. Désormais, elle se passionnait pour le contenu des prières, des sermons, des prêches ; il lui arrivait même de lire le soir les Évangiles.

En fait, elle ne percevait pas qu'il prenait un ferme ascendant sur elle. Si l'origine en avait été sexuelle, la réalité en était devenue spirituelle. Marie rêvait du Bien, elle s'émouvait aux histoires de pardon, elle atteignait l'extase quand il lui racontait la destinée des saints, particulièrement celle de sainte Rita, cette figure sur laquelle il avait entrepris des recherches et rédigé un mémoire au séminaire.

« Patronne des causes désespérées ? C'est donc ma patronne », se disait-elle en se couchant.

Ensemble, ils passaient de longs moments à batailler, éreintants pour lui, enthousiasmants pour elle.

Elle croyait que, comme toujours, elle contrôlait la situation, or c'était lui qui étendait son pouvoir. En sa présence, elle frissonnait.

– « Renverse-moi », semblait-elle lui dire sous chaque phrase, fais de moi ce que tu veux !

Pour la première fois, elle rencontrait le bonheur de la soumission. Car si le jeune homme ne la pénétrait pas physiquement, il la dominait intellectuellement ; à être manipulée, elle connaissait l'épanouissement du masochiste qui se laisse attacher. La violence de son âme trouvait son exutoire. Alors que cet être tourmenté avait, sa vie durant, joué les dures et fortes femmes, elle découvrait enfin sa véritable nature : esclave. Elle se reposait d'elle-même en se quittant. L'obsession du contrôle cédait la place à l'abandon ; avec volupté, transport, ivresse, elle devenait un objet entre les mains et l'esprit de Gabriel.

Un jour, agacé parce qu'elle avait usé sa patience, il s'était exclamé, rouge de colère, en la pointant du doigt :

– Vous êtes le diable mais je ferai de vous un ange.

Ce jour-là, elle éprouva un frisson au plus profond de son corps, depuis la naissance de ses cuisses jusqu'à son crâne, une forme d'orgasme qui se répéta dans la nuit chaque fois qu'elle se rappelait la scène.

Dès lors, elle baissa sa garde. Elle pensait comme lui, elle sentait comme lui, elle respirait comme lui.

– Vous et moi, nous sommes possédés par le Bien, déclara-t-il.

Quoiqu'elle songeât « Avec toi, je suivrai autant le Bien que le Mal puisque c'est toi qui me possèdes », elle ne démentit pas.

Elle résistait encore et ne consentait pas tout à fait. Le soir, seule, elle entrait dans des extases où elle se répétait que, oui, elle allait avouer ses crimes aux hommes, oui elle allait sacrifier son confort à la droiture. Cependant, son courage faiblissait chaque matin.

– Si j'accepte, viendrez-vous me voir en prison ?

– Tous les jours, Marie, tous les jours. Si je réussis à vous convaincre, nous serons liés à jamais. Non seulement devant les hommes mais devant Dieu.

Un mariage, en quelque sorte... Oui, à n'en pas douter, il lui proposait le mariage.

De plus en plus souvent, elle s'imaginait en train de commenter leur union *urbi* et *orbi*, aux télévisions, aux journalistes, aux policiers, aux juges. « C'est lui, l'abbé Gabriel, qui m'a persuadée de tout dire. Sans lui, j'aurais continué à nier mes assassinats. Sans lui, j'aurais emporté la vérité dans ma tombe. Gabriel ne m'a pas seulement fait croire en Dieu, il m'a fait croire en l'homme. » Durant ses rêveries, elle qui n'avait jamais été bavarde devenait éloquente, intarissable sur la métamorphose qu'elle devait au jeune homme. Elle espérait qu'on les prendrait en photo tous les deux, soit au prétoire, soit au parloir.

Certes, par instants, elle se rendait compte que leur situation ne serait pas égale : lui en liberté, elle en prison. Mais est-on libre lorsqu'on est prêtre ? Non. Désespère-t-on lorsqu'on est visitée chaque jour par celui qu'on aime ? Pas davantage. L'amour n'impose-t-il pas de privilégier l'autre ?

– Le sacrifice est la mesure de tout amour.

Voilà ce qu'avait lancé Gabriel au cours d'un prêche en chaire. Aussitôt, Marie avait compris qu'il s'adressait à elle et s'était résolue à appliquer cette maxime : elle se sacrifierait ! Pour que le monde entier sache que Gabriel était un grand prêtre, elle avouerait. Pour que le monde entier apprenne le pouvoir du jeune homme sur elle, elle embrasserait la punition. Pour que le monde entier se souvienne d'eux comme d'un couple hors du commun, elle assumerait la repentance. L'enfant qu'elle ne donnerait pas à Gabriel, elle le remplacerait par la gloire : elle lui offrirait un succès médiatique, un scandale judiciaire et une inscription dans l'Histoire ; on évoquerait longtemps leur double performance, elle qui avait somptueusement trompé la justice lors de ses procès, lui qui avait marqué de son empreinte spirituelle une immense pécheresse. Sans lui, Marie serait demeurée incorrigible. Une cause perdue. Merci, sainte Rita, l'inspiratrice. Quand l'histoire des mœurs rejoint l'histoire sainte… Eh oui, pas moins. D'ailleurs, qui sait ? Cela conduirait peut-être Gabriel à Rome ?

Exaltée, elle multipliait les rêves avec fièvre.

Après cet été incroyable, riche en tourments et en émotions, la veille de l'automne, elle se leva et se sentit différente.

Ce dimanche-là, elle se rendit à la messe, silencieuse, concentrée. Après l'office elle rentra chez elle et s'avéra incapable d'avaler un morceau. Sa chatte eut droit à son steak.

À deux heures, elle alla à la cure et annonça à Gabriel qu'elle avouerait.

– Je vous le jure, mon père. Sur Dieu et sur vous.

Il la prit dans ses bras, la serra contre lui. Elle tenta de pleurer, afin de s'attarder contre ce long corps chaud, mais rien à faire, elle n'arriva qu'à émettre un hoquet aigu, ridicule.

Il la félicita, lui répéta cent fois qu'il était fier d'elle, de sa foi, du chemin parcouru, puis il l'invita à s'agenouiller auprès de lui pour remercier Dieu.

Pendant qu'ils égrenaient les formules, la tête de Marie tournait. Étreinte par le vertige dans lequel sa décision la plongeait, l'émotion la gagnait, émotion de se trouver si près de lui, épaule contre épaule, envahie par l'odeur de sa peau et de ses cheveux, dans un acte intime. Elle songea que désormais, tous les jours, à la prison, il viendrait ainsi prier avec elle, qu'elle serait heureuse.

En le quittant, elle gravit les hauteurs de la commune. Apaisée, elle passa son dernier soir de liberté à regarder Saint-Sorlin depuis le sommet des vignes : un crépuscule mauve, puis violet, jeta ses couleurs endeuillées sur les champs. Les chats montèrent sur les toits de tuiles pour observer le couchant ; par dizaines, sur le ciel mourant, hiératiques, ils formaient un décor de silhouettes sacrées en ombres chinoises.

Cette semaine, elle irait donc à Bourg-en-Bresse affronter le juge qui avait établi le dossier d'instruction ;

jeune homme à l'époque, il la haïssait car son acquittement l'avait empêché de décrocher la promotion que promettait la condamnation d'une empoisonneuse. Nul doute qu'il la recevrait rapidement.

Quelques lumières creusèrent çà et là l'obscurité, soulignant un toit, une chambre, un coin de rue. Derrière elle, une chienne labrador léchait ses petits sous une balancelle ; alentour, les tilleuls embaumaient le jardin comme une tisane douceâtre. « Demain, villageois, vous vous réveillerez dans un village plus célèbre, le village de Marie Maurestier, la Diabolique devenue l'Angélique, la tueuse qui avait abusé tout le monde mais excluait d'abuser Dieu. Elle commença comme une Messaline et finit comme une sainte. » Marie avait l'impression d'être contagieuse, de faire du bien aux autres, d'apporter la lumière, cette lumière qu'elle avait reçue de Gabriel. « Mesdames, messieurs, j'ai rencontré un prêtre prodigieux. Ce n'était pas un homme, c'était un ange. Sans lui, je ne serais pas là, devant vous. » Elle allait pouvoir parler de lui, de leur relation intime à la terre entière. Que de merveilles à venir…

Elle contempla les étoiles, pria Dieu afin qu'il lui procurât courage et soumission, ou plutôt le courage de la soumission. Elle ne rentra qu'à la nuit noire chez elle.

Lorsqu'elle tournait ses clés dans la serrure, la voisine ouvrit son volet et lui cria :

– L'abbé vous a cherchée. Il est venu deux fois.

– Ah bon ? Merci de me le dire. Je vais à la cure.

– Je pense que vous ne le trouverez pas. Une voiture l'a emmené tout à l'heure.

Une voiture ? Non seulement l'abbé ne conduisait pas mais il ne possédait évidemment pas de voiture.

Marie se rendit à la cure. Derrière les rideaux fermés, l'intérieur semblait éteint et vide. Elle frappa à la porte, refrappa, tambourina. En vain. Personne.

Elle retourna chez elle, refusant de s'inquiéter. Peu importait, sa résolution était arrêtée, l'abbé s'en réjouissait. Il avait sans doute voulu la complimenter encore, lui proposer de l'emmener à Bourg-en-Bresse, que sais-je. Elle se calma, certaine d'obtenir l'explication le lendemain.

De fait, son téléphone retentit à l'aube. En reconnaissant la voix de l'abbé Gabriel, elle fut aussitôt rassurée.

– Ma chère Marie, il se produit quelque chose d'extra-ordinaire.

– Et quoi, mon Dieu ?

– On me nomme au Vatican !

– Pardon ?

– Le Saint-Père a lu mon mémoire sur sainte Rita. Il l'a tellement apprécié qu'il me demande de rejoindre un groupe de réflexion théologique à la bibliothèque papale.

– Mais…

– Oui. Cela veut dire que je suis obligé de vous quitter. Vous et Saint-Sorlin.

– Mais notre projet ?

– Cela ne change rien. Vous vous êtes décidée.

– Mais…

– Vous allez le faire puisque vous me l'avez promis. À moi et à Dieu.

– Vous ne serez pas là, à mes côtés ! Quand je serai en prison, vous ne me visiterez pas tous les jours.

– Vous allez le faire puisque vous me l'avez promis.

– À vous et à Dieu, je sais…

Elle raccrocha, troublée, oscillant entre l'extase dans laquelle elle avait traversé la journée précédente et la colère. « Au Vatican… Il y serait allé au Vatican, grâce à moi. Il aurait été félicité par le Saint-Père pour mes aveux. Il n'avait qu'à attendre un peu. C'est quand même mieux d'aller au Vatican parce qu'on a obtenu l'impossible, la rédemption d'une criminelle, que pour un écrit de plus sur une sainte mineure. Que lui prend-il ? Comment peut-il me trahir comme cela ? »

Deux jours plus tard, Vera Vernet, la « vieille bique » au corps tordu comme le bois de vigne, vint lui annoncer de sa voix piquante qu'un nouveau prêtre était arrivé.

Marie se rendit à l'église.

Engoncé dans une soutane grise aux coutures fatiguées, l'abbé balayait les marches du porche en devisant avec les villageois de Saint-Sorlin.

Lorsqu'elle le vit, court, rougeaud, les traits épais, la cinquantaine marquée, Marie Maurestier sut aussitôt comment elle allait passer les prochaines années : elle s'occuperait de son jardin, nourrirait sa chatte, irait moins souvent à la messe et se tairait jusqu'à sa mort.

Le retour

– Greg…

– Je travaille.

– Greg…

– Laisse-moi tranquille, j'ai encore vingt-trois tuyaux à décrasser.

Penché sur la deuxième turbine, le dos puissant de Greg, dont les muscles saillants écartelaient le maillot de coton, refusait de pivoter.

Le matelot Dexter insista :

– Greg, tu es attendu par le capitaine.

Greg se retourna si soudainement que Dexter sursauta. Ruisselant des épaules nues jusqu'au creux des reins, le colosse était transformé par la sueur en idole barbare : une aura d'évaporation nimbait son corps verni par les flammes fauves des chaudières. Grâce à ses talents de mécanicien, sept jours sur sept, vingt-quatre heures sur vingt-quatre, le cargo *Grandville* avançait sans mollir, traversant les océans pour acheminer les marchandises d'un port à un autre.

– A-t-il quelque chose à me reprocher ? demanda le costaud en fronçant ses sourcils bruns aussi larges qu'un doigt.

– Non. Il t'attend.

Greg hocha la tête, déjà coupable. Il se répéta pour confirmation :

– Il a quelque chose à me reprocher.

Un frisson de pitié refroidit Dexter, le messager, lequel savait pourquoi Greg était convoqué chez le capitaine et ne tenait pas à le lui dire.

– Ne délire pas, Greg. Comment pourrait-il te reprocher quelque chose ? Tu abats plus de besogne que quatre hommes.

Mais Greg ne l'écoutait plus. Résigné, essuyant sur un torchon la graisse qui noircissait ses mains, il acceptait d'être réprimandé car plus importante que sa fierté était pour lui la discipline de bord : si son supérieur lui reprochait un acte, il avait raison.

Greg ne chercha pas plus loin puisque le capitaine allait le lui apprendre. De manière générale, Greg évitait de penser. Il n'était pas bon à cela et, surtout, il considérait qu'il n'était pas payé pour ça. Vis-à-vis de l'employeur avec qui il avait signé un contrat, réfléchir lui aurait paru une trahison, du temps gaspillé, de l'énergie perdue. À quarante ans, il travaillait autant qu'à ses débuts, à quatorze ; levé dès l'aurore, parcourant le bateau jusqu'à la nuit, nettoyant, réparant, bricolant les pièces des moteurs, il semblait obsédé par le besoin de bien faire, torturé par un insatiable dévouement que rien n'entamait. Dans sa couche étroite au matelas trop fin, il ne se reposait que pour se remettre à la tâche.

Il enfila sa chemise à carreaux, endossa un ciré, et suivit Dexter sur le pont.

La mer était acariâtre, aujourd'hui ; ni démontée ni calme, juste de mauvaise humeur. L'écume giclait de vagues courtes, sournoises. Ainsi que cela arrive souvent dans le Pacifique, l'univers paraissait monochrome tant le ciel gris avait imposé sa teinte de béton à tous les éléments, flots, nuages, planchers, tuyaux, bâches, hommes ; même Dexter, la mine cuivrée d'ordinaire, laissait voir une peau anthracite en carton bouilli.

Luttant contre le vent siffleur, les deux hommes rejoignirent la timonerie. Là, une fois la porte close, Greg se sentit intimidé : loin des rugissements des machines ou de l'océan, arraché aux âpres odeurs de fioul et d'algues, il n'avait plus l'impression de se trouver sur un bateau mais dans un salon sur terre. Quelques hommes, dont le second, l'opérateur radio, se tenaient, raides, autour du chef.

– Capitaine, dit-il en baissant les yeux, comme en une reddition.

Le capitaine Monroe répondit quelque chose d'indistinct, se racla la gorge, hésitant.

Greg se taisait, attendant la sentence.

L'humilité de Greg n'aidait pas Monroe à parler. Du regard, il consulta ses subalternes, lesquels n'auraient pas voulu être à sa place ; quand il sentit qu'il allait perdre le respect de son équipage s'il tardait trop, le capitaine Monroe, négligeant la charge émotionnelle qui accompagnait l'information qu'il devait communiquer, prononça d'un ton sec sur un rythme heurté :

– Nous avons reçu un message télégraphique pour vous, Greg. Un problème familial vous concernant.

Greg releva la tête, étonné.

– En fait, il s'agit d'une mauvaise nouvelle, continua le capitaine, d'une très mauvaise nouvelle. Votre fille est morte.

Les yeux de Greg s'arrondirent. Pour l'instant, c'était la surprise qui s'emparait de son visage, aucun autre sentiment n'y était perceptible.

Le capitaine insista :

– Voilà. C'est votre médecin de famille, le Dr Simbadour, à Vancouver, qui nous a prévenus. Nous n'en savons pas davantage. Nous sommes désolés pour vous, Greg. Sincères condoléances.

Or Greg ne changeait pas d'expression : c'était toujours la surprise qui figeait ses traits, la surprise pure, sans émotion.

Personne ne soufflait mot autour de lui.

Greg se tourna vers chacun pour chercher une réponse à la question qu'il se posait ; ne l'obtenant pas, il finit par l'articuler :

– Ma fille ? Quelle fille ?

– Pardon ? sursauta le capitaine.

– Laquelle de mes filles ? J'en ai quatre.

Monroe s'empourpra. Craignant d'avoir mal transcrit le message, il le reprit dans sa poche et, mains tremblantes, le parcourut encore.

– Hmm… Non. Il n'y a rien d'autre. Uniquement ça : nous devons vous prévenir que votre fille est morte.

– Laquelle ? insista Greg, qui s'agaçait de cette imprécision plus qu'il ne réalisait ce qu'on lui annonçait. Kate ? Grace ? Joan ? Betty ?

Le capitaine lut et relut le mot, espérant un miracle, souhaitant qu'entre les lignes apparût séance tenante un prénom. Plat, elliptique, le texte se limitait à cette indication.

Impuissant, Monroe tendit le papier à Greg qui le déchiffra à son tour.

Le mécanicien opina du chef, soupira, manipula la feuille puis la remit au capitaine.

– Merci.

Le capitaine faillit murmurer « De rien », comprit que c'était absurde, grommela entre ses dents, se tut, fixa l'horizon à bâbord.

– C'est tout ? demanda Greg en levant le front, l'œil clair comme s'il ne s'était rien passé.

Cette question abasourdit les marins présents dans la pièce. Ils crurent avoir mal entendu. Le capitaine, à qui il revenait de répondre, ne sut comment réagir. Greg insista :

— Je peux retourner à mon travail ?

Devant tant de placidité, le capitaine, ressentant une piqûre de révolte, tenta d'ajouter de l'humanité à cette scène absurde :

— Greg, nous ne serons que dans trois jours à Vancouver. Voulez-vous que d'ici-là nous essayions de contacter le médecin pour qu'il nous renseigne ?

— Vous pourriez ?

— Oui. Nous n'avons pas ses coordonnées puisqu'il a appelé le siège de la compagnie, mais en cherchant bien, on remonterait à la source et…

— Oui, ce serait mieux.

— Je m'en occupe personnellement.

— C'est vrai, poursuivit Greg, qui parlait tel un automate, il vaudrait tout de même mieux que je sache laquelle de mes filles est…

Là, il marqua un temps. Au moment où il allait prononcer le mot, il se rendit compte de ce qui était arrivé : un de ses enfants avait perdu la vie. Il s'arrêta, bouche ouverte, son visage devint cramoisi, ses jambes mollirent. D'une main, il s'accrocha à la table des cartes pour se retenir.

Autour de lui, les hommes étaient presque soulagés de le voir enfin souffrir. Le capitaine s'approcha, lui tapota l'épaule.

– Je m'en charge, Greg. Nous allons éclaircir ce mystère.

Greg toisa la main qui, sur son ciré humide, provoquait des couinements. Le capitaine suspendit son mouvement. Ils restèrent gênés, aucun n'osant regarder l'autre dans les yeux, Greg par peur d'exprimer sa douleur, le capitaine par peur de recevoir cette détresse en pleine figure.

– Prenez votre journée, si vous voulez.

Greg se raidit. La perspective de chômer l'angoissa. Qu'allait-il faire s'il ne travaillait pas ? Le choc lui redonna la parole.

– Non, je préfère pas.

Chaque homme présent dans la pièce envisagea le supplice qu'allait endurer Greg dans les heures qui venaient. Prisonnier du bateau, muet, solitaire, il allait être écrasé par un chagrin aussi lourd que la cargaison, torturé par une horrible question : laquelle de ses filles était morte ?

De retour à la salle des machines, Greg se jeta dans le travail comme on fonce sous la douche lorsqu'on est couvert de boue ; jamais les tuyaux ne furent décrassés, décapés, lustrés, réajustés, resserrés avec autant d'énergie et de minutie que cette après-midi-là.

Cependant, malgré la besogne, une idée le gagnait, s'ancrait sous son crâne. Grace... Le visage de sa deuxième fille avait envahi son imagination. Grace serait-elle morte ? Grace, quinze ans, avec sa joie de vivre explosive, sa face irradiée par le sourire, Grace, amusée, amusante, énergique et irrésolue, n'était-elle pas la plus chétive ? Sa gaieté n'avait-elle pas instillé en elle une force nerveuse qui lui conférait l'apparence de la santé mais ne la rendait ni plus épaisse ni plus résistante ? N'avait-elle pas rapporté de la garderie, de l'école, du lycée, les maladies que pouvaient lui transmettre ses camarades ? Grace, de trop bonne nature, semblait candidate à tout, les jeux, les amitiés, les virus, les bactéries, les microbes. Greg se figura qu'il n'aurait plus le bonheur de la voir marcher, remuer, pencher la tête, lever les bras, rire à pleine bouche.

C'était elle. À n'en pas douter.

Pourquoi cette idée ? Était-ce une intuition ? Recevait-il une information télépathique ? Il s'arrêta de frotter un instant. Non, en fait, il ne savait pas ; il craignait. S'il songeait d'abord à elle, c'était parce que Grace... était sa fille préférée.

Il s'assit, estomaqué par sa découverte. Jamais auparavant il n'avait formulé cette hiérarchie. Ainsi, il avait une favorite... L'avait-il montré ? À elle ou aux autres ? Non. Cette prédilection résidait au fond de lui, obscure, active, inaccessible – même à lui jusque-là.

Grace... Il s'attendrit sur la jeune fille aux cheveux fous, au cou délié. Elle était si facile à apprécier. Brillante, moins réfléchie que son aînée, plus vive que les autres, elle ignorait l'ennui et, dans chaque situation, dénichait mille détails qui la rendaient piquante. Il présagea que, s'il continuait à penser qu'elle avait disparu, il allait souffrir. Aussi se remit-il au travail avec ardeur.

– Pourvu que ce ne soit pas Grace !

Il serra des boulons jusqu'à ce que la clé lui échappât.

– Il vaudrait mieux que ce soit Joan.

Sûr, la perte de Joan le chagrinerait moins. Joan, brusque, un peu sournoise, anguleuse, les cheveux bruns, luisants, aussi denses que du foin en botte, mangeant ses tempes. Un petit visage de rat. Il n'avait aucun atome crochu avec elle. Il faut dire qu'elle était la troisième, qu'elle ne bénéficiait donc ni de l'effet de nouveauté accompagnant la première ni de la tranquillité apprise que les parents ressentent à l'arrivée de la deuxième. La troisième, elle, va de soi, on y prête moins attention, les sœurs s'en occupent. Greg n'avait guère eu d'occasions de la voir puisqu'elle était née lorsqu'il travaillait pour une nouvelle compagnie, laquelle effectuait des traversées jusqu'aux Émirats. Et puis il détestait ses couleurs, celles de sa peau, de ses yeux, de ses lèvres ; il ne retrouvait pas sa femme ni ses filles s'il la regardait ; elle lui paraissait étrangère. Oh, il ne doutait pas qu'elle fût de lui, car il se souvenait de la nuit où il l'avait conçue – au retour d'Oman –, et les voisins prétendaient souvent qu'elle lui ressemblait. Même tignasse que lui, c'est certain. Peut-être était-ce cela, sa gêne : une fille qui avait des caractéristiques de garçon sans être un garçon.

Car Greg n'avait fabriqué que des filles, sa semence était impuissante à générer du mâle, pas assez forte pour pousser le ventre de Mary à produire autre chose que du féminin. Il s'en accusait. C'était lui, l'homme, lui qui était responsable du masculin dans le couple, lui le colosse qui, pour une raison inconnue et surtout invisible, manquait de la virilité nécessaire pour imposer un garçon dans ce moule à filles.

Vraisemblablement il s'en était fallu de peu pour que Joan ne devînt un garçon... Garçon manqué, elle témoignait de la déficience de Greg. D'ailleurs, il se braquait quand on le complimentait sur sa portée de filles, y voyant une insidieuse moquerie.

– Quelle chance, monsieur Greg, d'avoir quatre filles ! Les filles adorent leur papa. Elles doivent vous idolâtrer, non ?

Naturellement qu'elles l'aimaient ! Avec tout le mal qu'il se donnait pour elles, jamais là, toujours en mer à travailler pour fournir l'argent destiné à la maison, la nourriture, les vêtements, les études... Naturellement qu'elles l'aimaient ! Elles auraient été bien ingrates de ne pas le faire, l'intégralité de sa paye filait chez elles, il ne gardait que des miettes pour lui. Naturellement qu'elles l'aimaient...

Dans l'opinion de Greg, l'amour était un devoir ou un dû. Puisqu'il se sacrifiait pour ses filles, elles lui devaient de l'affection. Et lui, sa fidélité de père, il l'exprimait par son labeur acharné. Il n'aurait pas soupçonné que l'amour pût consister en des sourires, des caresses, de la tendresse, des rires, de la présence, des jeux, du temps offert et partagé. Il avait toutes les raisons, à ses yeux, de s'estimer un bon père.

— Alors, c'est Joan qui est morte.

Sans qu'il fût capable de le formuler, c'était l'hypothèse qui allégeait sa souffrance.

Au soir, quand le capitaine le rappela au commandement, Greg s'attendait à ce que Monroe confirmât ses soupçons.

En se plaçant devant son supérieur, Greg se surprit à penser, sous la forme d'une brève et insistante prière :

« Surtout qu'il ne prononce pas le nom de Grace. Pas Grace mais Joan. Joan. Joan. »

— Mon pauvre Greg, s'exclama le capitaine, nous ne réussissons pas à contacter qui que ce soit. À cause du ciel, de la mer, les liaisons sont très mauvaises. Bref, on ignore laquelle de vos filles…

— Merci capitaine.

Greg salua puis sortit.

Il courut jusqu'à sa cabine et s'y verrouilla, les oreilles brûlantes de honte. Ne venait-il pas de souhaiter la mort d'une de ses filles ? N'avait-il pas choisi laquelle on pouvait lui retirer ? De quel droit ? Qui l'avait autorisé à souffler le prénom de Joan au capitaine ? En la désignant, ne venait-il pas de se comporter comme un assassin ? Était-ce digne d'un père, les idées meurtrières que brassait son cerveau ? Un père loyal se battrait pour sauver ses filles, toutes ses filles…

Dégoûté par lui-même, il trépignait dans son étroite cellule ; plusieurs fois, il frappa la cloison métallique de ses poings.

– Honte ! Honte ! Si on te dit « Votre fille », c'est à Grace que tu songes. Et si l'on t'annonce « Votre fille est morte », tu jettes Joan dans la fosse. Tu devrais crever de honte.

Certes, personne ne l'avait entendu délibérer mais lui, si : il se savait désormais vil, lâche. Il ne guérirait jamais de cette blessure saignante.

– Je n'ai pas le droit d'aimer Joan moins que les autres. Je n'ai pas le droit d'aimer Grace plus que les autres. Pourquoi n'ai-je pas encore envisagé Kate ou Betty ?

À ces grognements, Dexter frappa au battant.

– Ça va, Greg ?

– Ça va.

– Ne raconte pas n'importe quoi. Viens. J'ai un truc qui t'aidera.

Greg poussa la porte et lança, presque violent :

– Personne ne peut m'aider.

Dexter, approuvant de la tête, tendit néanmoins son livre.

– Tiens.

– Qu'est-ce que c'est ?

– Ma bible.

Greg fut si déconcerté qu'il oublia son chagrin quelques secondes. Ses mains, qui refusaient de la saisir, ses yeux, qui déchiffraient avec hostilité la couverture en vieille toile tachée, tout en lui criait : « Que veux-tu que je foute de ça ! »

– Garde-la, au cas où... Tu tomberas peut-être sur un texte qui t'aidera.

– Je ne lis pas.

– Ouvrir la Bible, ce n'est pas lire, c'est réfléchir.

Dexter lui fourgua le volume dans les mains et alla prendre son quart.

Greg balança le bouquin sur son matelas, comprit qu'il ne parviendrait pas à dormir, chaussa ses tennis, enfila son survêtement et décida de courir sur le pont du navire jusqu'à ce qu'il s'écroule de fatigue.

Le lendemain, Greg se réveilla persuadé que Joan était morte.

Et cette fois, ça ne l'arrangeait plus, au contraire, cela le blessait : dans son rêve, il avait appris que Joan agonisait parce qu'elle avait eu un mauvais père, un géniteur indifférent. Sans quitter l'oreiller, il se mit à sangloter sur le sort de la fillette, sur sa vie courte auprès d'un homme brutal car, s'il avait caché à Grace qu'il la préférait, il avait en revanche bien manifesté à Joan qu'il la supportait mal, toujours à la gronder, à la corriger, à lui demander de se taire ou de laisser parler ses sœurs. L'avait-il jamais embrassée de bon cœur ? L'enfant avait dû sentir qu'il se penchait sur elle avec réticence, plus par souci d'égalité que dans un véritable élan.

En se tournant, se retournant dans son lit, il sentit sur sa cuisse le poids de la bible de Dexter. Par réflexe, il feuilleta le volume, considéra avec lassitude les versets écrits trop petit, survola la table des matières et tira une carte d'entre les pages. C'était une image pieuse, colorée, naïve, imprimée en relief sur le carton meringue, où une auréole dorée encadrait le visage d'une femme, sainte Rita.

Son sourire l'émut. Il symbolisait sa femme, ses filles, dans leur pureté, leur beauté, leur candeur.

– Faites que ce ne soit pas Joan, murmura Greg à l'icône, faites que ce ne soit pas Joan. Ainsi je me rattraperai avec elle. Je lui donnerai l'attention et l'affection qu'elle mérite. Faites que ce ne soit pas Joan, s'il vous plaît.

Il était surpris de s'adresser à une figurine de carton ; il l'aurait été tout autant s'il s'était trouvé en face de la sainte en chair et en os car il ne croyait ni en Dieu ni aux saints. Or, dans l'état chaotique où l'avait mis le télégramme du Dr Simbadour, il était prêt à tout tenter, y compris la prière. Autant la veille il avait souhaité que Joan disparût, autant aujourd'hui il souhaitait qu'elle vive afin qu'il compense le temps perdu, la tendresse trop rare.

Il reprit le travail avec moins d'énergie car ses rumi-
nations absorbaient désormais une partie de ses forces.
Cette nouvelle avait remué en lui un univers douloureux
de pensées : s'entrouvrait devant lui la porte des souf-
frances morales.

Il songea à son aînée, Kate, la silencieuse, proche de
sa mère par le physique et de son père par le caractère,
laquelle, à dix-huit ans, travaillait déjà dans un magasin
de Vancouver... En était-elle morte ? Si c'était Kate,
quels rêves ce trépas venait-il d'interrompre ?

Greg se rendit compte qu'il ignorait qui étaient ses
filles. Il pouvait énoncer des éléments objectifs sur elles,
leur âge, leurs habitudes, leurs horaires, mais il restait
fermé à ce qui agitait leur esprit. Des étrangères familières. Des énigmes qui dépendaient de son autorité.
Quatre filles : quatre inconnues.

Lors de sa pause, il voulut s'isoler, prétexta l'envie
d'une douche, se cadenassa dans le réduit qui tenait lieu
de salle de bains puis, par réflexe, se déshabilla.

Il se regarda dans la glace. Il était costaud, carré
d'épaules comme d'idées. Son physique ne mentait pas :
son front étroit, plus large que haut, laissait peu de place
à l'intellect ; des cuisses volumineuses sur un ample bassin – moins cependant que le torse qui s'évasait, puissant, jusqu'aux épaules – racontaient l'histoire d'un
homme qui se consacre à des activités physiques.
Chaque soir depuis des années, il était fier d'être épuisé
car sa fatigue lui procurait le sentiment du devoir

accompli. Une vie toute simple, pas même guettée par l'usure, car pour se lasser d'une chose, encore faut-il s'en représenter une autre…

En observant son reflet, il s'analysait. Depuis toujours, il vivait en mer pour échapper à la terre. En mer pour échapper à sa première famille, celle de son père ivrogne et de sa mère effacée. En mer pour échapper à sa seconde famille, celle qu'il avait fondée – «fondée», le mot lui semblait prétentieux car Greg s'était contenté de posséder sa femme légale, le mariage ça sert bien à ça, non? Greg avait sillonné le monde sur les flots : autant dire qu'il n'en avait rien vu. Si son cargo avait accosté en de nombreuses villes, Greg n'avait pas été plus avant que le navire, il n'avait jamais quitté les quais, prenant racine au port, par méfiance, par crainte de l'inconnu, par peur de rater le départ. Au fond, les cités, les nations, les campagnes étrangères, malgré les millions de kilomètres parcourus, il les avait rêvées depuis le bateau ou la taverne des docks, elles étaient demeurées des destinations lointaines.

Ses filles aussi. Exotiques. Contournées. Pas davantage.

Que pouvait-il se rappeler de Betty, la cadette? Qu'elle avait neuf ans, qu'elle se montrait plutôt bonne élève, qu'elle occupait un débarras que Greg avait réaménagé en chambre. Quoi d'autre? Il peinait à la cerner plus précisément. Il ne s'était pas soucié de ses goûts, de ses envies, de ses répulsions, de ses ambitions.

Pourquoi n'avait-il pas dégotté le temps de fréquenter ses filles ? Il menait une vie fruste, il n'était qu'une sorte de bête de somme, un bœuf qui labourait la mer.

Il jeta un dernier coup d'œil à ce corps musclé dont il s'enorgueillissait la veille, le rinça, puis se rhabilla.

Jusqu'au soir il continua à éviter les échanges avec les autres hommes, lesquels, respectant ce qu'ils présumaient être sa douleur, n'insistaient guère tant ils se doutaient que Greg traversait une épreuve crucifiante. Ce qu'ils n'imaginaient pas, c'était qu'au chagrin d'un père s'ajoutait le chagrin d'avoir été un mauvais père.

À minuit, sous un ciel noir comme une gueule de dragon, sur le bordage où Greg s'épuisait en multipliant les pompes, Dexter demanda cependant :

– Alors, on ne sait toujours pas quelle est celle de tes filles… ?

Greg faillit répondre « Peu importe, il n'y en a pas une que je connais mieux que l'autre », puis se borna à grogner « Non ».

– J'ignore comment je réagirais s'il m'arrivait une chose aussi horrible, murmura Dexter.

– Eh bien moi non plus.

La réponse avait fusé avec tant de pertinence que Dexter, guère habitué à entendre Greg s'exprimer avec des mots justes, resta décontenancé.

Car Greg vivait une douleur inattendue : il s'était mis à penser. Un travail incessant se développait en lui, un travail de réflexion qui l'exténuait. Il n'avait pas changé de peau, non, quelqu'un s'était installé sous sa peau, un autre Greg habitait le précédent, une conscience morale et intellectuelle emménageait chez la brute naguère tranquille.

De retour sur sa couche, il pleura longtemps, sans délibérer, sans chercher qui avait disparu ; et peu à peu, la lassitude l'accablant, il ferma les yeux. Il s'assoupit sans avoir l'énergie de se dévêtir ni de s'installer entre les draps, de ce sommeil lourd, compact, qui fatigue et abandonne au matin le dormeur dans un état d'éreintement supérieur.

Au réveil, il réalisa que, depuis le télégramme fatal, il n'avait à aucun instant songé à sa femme. D'ailleurs, Mary, à ses yeux, n'était plus sa femme mais sa partenaire familiale, sa collègue dans l'éducation des filles : il apportait l'argent, elle donnait ses heures. Voilà. Équitable. Classique. Il supposa soudain qu'elle devait souffrir et cela le renvoya à la jeune fille qu'il avait rencontrée vingt ans plus tôt... Il s'avisa que cette Mary, fragile, émouvante, était accablée par un deuil en ce moment. Depuis combien d'années ne lui avait-il pas dit son amour ? Depuis combien d'années ne l'avait-il pas ressenti ? Il en fut déchiré.

Les vannes de l'inquiétude s'étaient ouvertes. Maintenant, il réfléchissait du matin au soir, éprouvait des émotions du soir au matin, c'était pénible, suffocant, épuisant.

Chaque heure, il se tracassait au sujet de ses filles ou de son épouse. Même quand il travaillait, il lui restait dans l'âme une traînée de tristesse, un goût d'amertume, une mélancolie dont aucune activité manuelle ne le débarrassait.

Il occupa l'ultime après-midi du retour sur le pont, accoudé à une rambarde. Des vagues sous la coque jusqu'à l'horizon, il n'y avait rien à voir ; aussi, la nuque renversée, il scrutait le ciel. Ce qui attire lorsqu'on est en mer, c'est le ciel, plus varié, plus riche, plus changeant que les flots, capricieux telle une femme. Tous les marins sont amoureux des nuages.

L'esprit de Greg sautait de la contemplation de la lumière extérieure à son tumulte intérieur ; jamais il n'avait saisi l'occasion d'être ainsi, un homme, un simple homme, minuscule au milieu de l'océan immense, partagé entre l'infini de la nature et l'infini de ses pensées.

À la nuit, il sanglota pour clore sa méditation.

Depuis le télégramme, il s'était rendu compte qu'il était aussi le veuf de la jeune femme qu'avait été Mary.

Et le père qui allait débarquer le lendemain sur le quai de Vancouver avait, pendant ces trois jours, perdu toutes ses filles.

Toutes. Pas une seule. Quatre.

Le cargo s'approchait de la terre, Vancouver se dessinait.

Les mouettes, vives, aisées, planaient avec précision, vraies maîtresses de la côte qu'elles connaissaient mieux que les marins et qu'elles parcouraient plus vite qu'aucun bateau ne le pourrait jamais.

Sur la terre, l'automne resplendissait après un été chaud ; les arbres s'embrasaient en des teintes vives, jaune et orange ; les feuilles mouraient sublimement, comme si, par ces couleurs intenses, elles remerciaient et restituaient en leurs derniers instants leur surcroît de soleil.

Enfin, le navire s'engagea dans le port de Vancouver. Vigilants, dressés, les hauts immeubles reflétaient dans leurs vitres les nuages et les flots, portant sur eux la nostalgie du lointain. D'une heure à l'autre, l'atmosphère changeait, oscillant du soleil à la pluie, ces averses que les habitants d'ici appelaient « le soleil liquide ».

Le *Grandville* parvint au quai surmonté de grues rouges.

Greg sursauta. Il vit des silhouettes familières le long des docks. On l'attendait.

Aussitôt il avait compté. Aussitôt il avait aperçu sa femme et trois filles.

L'une d'elles manquait.

Il ne voulait pas encore découvrir laquelle. Il détourna les yeux, s'absorba dans les manœuvres d'accostage.

Le bateau stabilisé, il examina ses femmes en deuil, qui se tenaient en rang vingt mètres au-dessous de lui, distinctes quoique minuscules.

Voilà…

Maintenant il sait…

Il sait laquelle est morte, lesquelles sont vivantes.

Son cœur éclate en lui. D'un côté, on vient de lui arracher une fille, de l'autre on vient de lui en rendre trois. Une vient de tomber mais les autres sont ressuscitées. Incapable de réagir, bloqué, il a envie de rire et besoin de pleurer.

Betty… Ainsi c'est Betty, la plus jeune, celle qu'il n'a presque pas eu le temps d'aimer.

On installe la passerelle ; il descend.

Que se passe-t-il ? Tandis qu'il pose le pied à terre, Betty jaillit d'un box où elle s'abritait et rejoint ses sœurs pour leur tenir la main et accueillir son père.

Comment est-ce possible ?

Cloué sur le bitume, Greg compte : ses quatre filles sont là, devant lui, à trente pas. Il ne comprend plus, il est paralysé : ses quatre filles vivent. Il s'accroche à la rampe derrière lui, n'arrive plus à avaler sa salive. C'était donc une erreur ? Depuis le début… Le télégramme ne lui était pas destiné ! Il s'adressait à quelqu'un d'autre. Oui, on le lui avait transmis alors qu'en réalité cela concernait un autre marin et sa fille unique. La mort n'a pas touché sa famille !

Joyeux, il se met à courir vers les siens. Il attrape d'abord son épouse Mary dans ses bras et la broie contre lui en riant. Surprise, elle le laisse l'étouffer. Jamais il ne l'a enlacée avec autant de chaleur. Puis il étreint ses filles, plusieurs fois, il les touche, il les palpe, il vérifie qu'elles sont vivantes, il ne prononce aucun mot, il pousse des cris de bonheur, ses yeux se mouillent d'émotion. Tant pis. Il n'a plus honte, il ne cache pas ses larmes, lui, l'homme, le pudique, le réservé, le taiseux, il les embrasse, les serre contre lui, surtout Joan, qui tremble d'étonnement. Chacune d'entre elles lui semble un miracle.

Enfin, il murmure :

– Je suis si heureux de vous retrouver toutes.

– As-tu été mis au courant ? demande sa femme.

De quoi parle-t-elle ? Ah non, pas elle… Pas elle aussi… Il ne veut plus qu'on lui rappelle ce message absurde ! Il l'a effacé. Pas ses oignons. Une erreur.

– Quoi ?

– Le Dr Simbadour m'a assuré qu'il avait prévenu le bateau.

Soudain, Greg se fige. Quoi ? C'était sérieux ce message ? Il était bien pour lui ?

Marie baisse la tête et dit avec gravité :

– J'ai eu des douleurs. Je suis allée à l'hôpital. Fausse couche. J'ai perdu notre enfant.

Greg saisit ce qui lui avait échappé auparavant : sa femme était enceinte à son départ, il l'avait oublié. C'était si peu réel, l'annonce d'un enfant, lorsqu'on ne voyait même pas le ventre s'arrondir. Marie devait certainement porter une fille. Si le Dr Simbadour n'avait pas donné de prénom, c'était parce que le fœtus n'en avait pas encore un…

Mary et ses quatre filles demeurèrent éberluées par la réaction de Greg dans les jours qui suivirent. Non seulement il prit soin de sa femme comme jamais il ne l'avait fait, déployant des trésors d'attention, mais il insista pour que l'on baptise la petite fille inachevée.

– Rita. Je suis certain qu'elle s'appelle Rita.

Il exigea qu'on l'enterrât. Chaque jour, il se rendait au cimetière pour lui offrir des fleurs ; chaque jour, il pleurait au-dessus de l'étroite tombe de Rita, cette enfant qu'il n'avait ni vue ni touchée, et lui chuchotait des paroles douces. Kate, Grace, Joan, Betty n'auraient pas cru que cet homme brutal pût manifester tant d'affection, d'égards, de délicatesse. Ayant surtout fréquenté un absent, n'ayant eu qu'à se frotter à sa force physique ou à obéir à ses ordres, elles le considérèrent d'un autre œil et commencèrent à le craindre un peu moins.

Lorsque, deux mois plus tard, Greg leur apprit qu'il ne repartirait plus en mer puisqu'il avait accepté un poste de déchargeur au port, elles se réjouirent que cet inconnu, naguère distant et redouté, devînt enfin leur père.

Concerto à la mémoire d'un ange

C'est en écoutant Axel jouer du violon que Chris découvrit combien il lui était inférieur.

Les notes du concerto *À la mémoire d'un ange* s'élevaient entre les arbres pour rejoindre l'azur, la brume tropicale, les trilles d'oiseaux, la légèreté des nuages. Axel n'exécutait pas le morceau, il le vivait ; la mélodie, il l'inventait ; les changements d'humeur, les accélérations, les ralentis venaient de lui, entraînant l'orchestre, créant de seconde en seconde un chant pétri par ses doigts pour exprimer sa pensée. Son violon devenait une voix, une voix qui s'alanguit, hésite, se reprend, se tend.

Chris subissait cette séduction tout en se retenant d'y succomber car il flairait un danger : s'il aimait trop Axel, il allait se détester lui-même.

Les musiciens ordinaires donnent l'impression de sortir du public, de quitter leur siège pour monter sur la scène ; tels étaient la plupart des étudiants composant cet orchestre de festival, avec leur dégaine inaboutie, leurs lunettes économiques, leurs vêtements choisis à la va-vite. Axel, au contraire, semblait venir d'ailleurs, descendant d'une planète précieuse où régnaient l'intelligence, le goût, l'élévation. Ni grand ni petit, la taille fine, le torse mat et bombé, il avait un visage félin, hypnotique, en forme de triangle, équilibré autour d'yeux immenses. Ses boucles brunes, aériennes, insouciantes, rappelaient sa jeunesse. Avec des traits identiques, harmonieux et réguliers, d'autres garçons paraissent tristes – ou ennuyeux – parce qu'ils sont vides ; lui dégageait une énergie foudroyante. Axel, intègre, généreux, exubérant et sévère à la fois, rayonnait telle une idole, confiant, familier du sublime, en connivence avec le génie. Il méditait au violon, avec l'autorité radieuse de l'inspiré, accentuant l'effet guérisseur de la musique, réveillant chez l'auditeur la dimension spirituelle qui le rend meilleur. Le coude souple, le front lisse, il matérialisait la philosophie en cantilène.

Chris fixa ses pieds, agacé. Il n'avait jamais joué du piano aussi bien. Devait-il abandonner ? À dix-neuf ans, il avait amassé les médailles, les prix, les titres d'excellence, il était ce qu'on appelait une bête à concours, triomphant de tous les pièges à virtuoses, Liszt ou Rachmaninov ; or, face à ce miracle nommé Axel, il se rendait compte que s'il remportait ces victoires, c'était par la rage, le travail. Chris ne savait que ce qui s'apprend, tandis qu'Axel savait ce qui ne s'apprend pas. Sur une estrade de soliste, il ne suffit pas de jouer juste, il faut jouer vrai ; naturellement Axel jouait vrai ; Chris, lui, n'y parvenait que par l'étude, la réflexion, l'imitation.

Il frissonna, quoique le soleil eût porté la température à trente-cinq degrés sur cette île de Thaïlande ; ces frissons marquaient son impatience : vivement qu'Axel cesse de lui infliger cette splendeur, et surtout que les compétitions reprennent.

Le stage, intitulé « Music and Sports in Winter », offrait aux élèves des conservatoires, amateurs de haut niveau ou futurs professionnels, la possibilité de mêler divertissement, activités physiques et perfectionnement de leur instrument. Si chacun disposait d'un professeur particulier deux heures par jour, ils se réunissaient pour de la musique d'ensemble et des affrontements sportifs. Après la voile, la plongée sous-marine, le cyclisme, la course, un rallye clôturerait bientôt le séjour, où chacun tenterait de gagner le premier prix, une semaine dans le Philharmonique de Berlin, un des plus brillants orchestres du monde.

Axel entama le second mouvement. Chris ayant toujours jugé ce passage disparate, plus faible d'écriture, se réjouit à l'idée qu'Axel allait trébucher, briser le charme, ennuyer l'assistance. Vain espoir. Axel donna aux notes leur couleur d'indignation, de révolte, de fureur qui rendait au morceau forme et sens. L'œuvre d'Alban Berg, si elle évoquait « l'ange » dans son premier mouvement – l'enfant mort –, peignait dans le second la douleur des parents.

– Hallucinant ! Il est meilleur que mes enregistrements de référence.

Comment ce garçon de vingt ans pouvait-il surpasser les Ferras, Grumiaux, Menuhin, Perlman et autres Stern ?

Le concerto s'acheva, sublime, par l'évocation sur la pointe de l'archet d'un choral de Bach, lequel délivrait in extremis la conviction que tout, même le tragique, est justifié, profession de foi surprenante chez un compositeur moderniste mais qu'Axel rendait aussi évidente que touchante.

Le public applaudit à se briser les mains, ainsi que les membres de l'orchestre qui frappaient leurs pupitres. Gêné, pensant s'être effacé au service d'Alban Berg, l'Australien trouvait incongru qu'on l'acclamât, lui, simple interprète. Il salua donc maladroitement, mais dans cette maladresse, il y avait encore de la grâce.

Obligé de se lever pour imiter ses voisins, lesquels, debout, ovationnaient Axel, Chris se mordit les lèvres en jetant un œil autour de lui : le violoniste avait réussi à enthousiasmer un public ignare – des baigneurs, des plagistes, des indigènes – pour une œuvre dodécaphonique ! Au troisième rappel, cet exploit lui devint intolérable ; il se glissa entre les excités, quitta l'auditorium improvisé en plein air au milieu des palmiers et prit le chemin de sa tente.

En route, il rencontra Paul Brown, le New-Yorkais qui organisait ces sessions internationales.

– Eh bien, le petit Cortot a-t-il aimé le concert ?

Paul Brown appelait Chris « le petit Cortot » parce que Chris était pianiste et français ; or, traditionnellement, pour les universitaires américains, Cortot symbolisait le pianiste français.

– Axel m'a révélé une œuvre dont je ne raffole pas !

– On dirait que tu es dépité, que tu rends les armes sous la contrainte. À croire que ça ne te ravit pas, ni d'apprécier Berg, ni d'admirer Axel.

– Admirer n'est pas mon fort. Je préfère le challenge, la compétition, la victoire.

– Je sais. Vous êtes les contraires, Axel et toi. L'un qui sourit, l'autre qui transpire. Toi batailleur, lui zen. Tu conçois la vie comme une lutte alors qu'Axel avance sans imaginer le moindre danger.

Paul Brown considéra Chris. Dix-neuf ans, les yeux sombres, une fauve fourrure de cheveux, la morgue des fils choyés, Chris arborait, au-dessus d'un corps solide et sans histoire, des lunettes de poète et une barbe pointue, virile, taillée aux ciseaux, comme s'il voulait qu'on le traite avec le respect dû à la maturité.

– Qui a raison ? demanda Chris.

– J'ai peur que ce soit toi.

– Ah…

– Oui, je ne suis pas américain pour rien, mon petit Cortot. C'est beau, l'innocence et la confiance, mais c'est inadapté à notre monde. S'il faut détenir un talent

pour entamer une carrière, pour l'accomplir il faut posséder de la détermination, de l'ambition et de la hargne.
Toi, tu as la mentalité adéquate !

– Ah ! Selon toi, je jouerais mieux qu'Axel ?

– Je n'ai pas dit ça. Personne ne jouera mieux qu'Axel.
En revanche, je suppose que tu réaliseras une meilleure
carrière que lui.

Derrière cette remarque, il y avait une grande réserve,
voire une condamnation, cependant Chris décida de ne
garder que le compliment. Se cognant le front, Paul
Brown s'écria, amusé :

– Caïn et Abel ! Vous deux, si je devais vous renom-
mer, je proposerais ça. Deux frères aux caractères
opposés : Caïn le dur et Abel le doux.

Enchanté par lui-même, l'Américain contempla
Chris, la bouche ronde, en espérant un commentaire.
Chris se contenta de hausser les épaules et lâcha, pour-
suivant son chemin :

– Restons-en au petit Cortot, s'il te plaît. Et j'espère
que le « petit » ne se réfère qu'à mon âge…

Au matin du dernier dimanche, Chris sortit de son lit,
les cheveux debout sur la tête, expulsé par l'impatience :
impossible de dormir davantage, il avait besoin d'action,
il ressentait dans ses muscles une démangeaison
d'affrontement.

La veille, il avait craint de rater le rallye final car ses
parents lui avaient annoncé qu'il auditionnerait mardi
matin devant d'importants programmateurs parisiens.

La sagesse conseillait de partir aussitôt, dès la réception de cette nouvelle, puisqu'il devait rejoindre la côte en bateau, gagner Bangkok – quatre heures de route – puis croupir douze heures dans un vol long-courrier pour franchir la moitié du globe ; même dans cette hypothèse, il n'aurait pas la possibilité de se remettre du décalage horaire en France. Mais Chris refusa cette solution de bon sens, réexamina les plannings de correspondances et parvint, de façon acrobatique, à sauver son inscription à la compétition en démontrant qu'il pouvait prendre la navette dimanche soir.

Pourquoi s'imposait-il tant de stress ? Le prix ne l'intéressait guère car pour un pianiste, une immersion d'une semaine dans un orchestre, fût-ce celui de Berlin, lui procurerait peu d'occasions de concerter, non, il était avide de combattre, de défier Axel, de l'emporter sur l'Australien, de ne pas le quitter sans lui avoir prouvé sa supériorité et de l'obliger à mordre la poussière.

Au petit déjeuner, il enjamba le banc, s'assit en face du violoniste qui releva le nez.

– Bonjour Chris, s'exclama Axel, content de te voir.

Axel souriait avec cette tendresse vague que permettait la forme de ses paupières, un abandon presque féminin qui ravageait le cœur des filles et troublait les hommes. En même temps, l'angle très ouvert de ses yeux bleus, si tournés vers les autres, donnait le sentiment qu'il les radiographiait autant qu'il les regardait.

– Bonjour Axel. En appétit pour aujourd'hui ?

– Pourquoi ? Que se passe-t-il aujourd'hui ? Ah oui, le rallye…

Quand il riait, il rejetait la tête en arrière et offrait son cou, comme si on devait l'embrasser.

Chris n'arrivait pas à concevoir qu'Axel ne fût pas obsédé par ce concours. « Il se moque de moi ! Il simule la décontraction mais en vérité il ne s'est réveillé que pour ça. »

– Je me demande, reprit Axel, si j'y vais. J'ai plutôt envie de lire sur la plage, cette après-midi, j'ai des partitions et un livre en cours.

– Tu ne peux pas te désolidariser à ce point ! s'indigna Chris. Si tout le monde a apprécié que tu joues en soliste, ce solo-là, à l'écart, risque en revanche d'être mal interprété.

Axel s'empourpra.

– Tu as raison, excuse-moi, je vais participer. Merci de m'avoir remis sur les rails. Parfois, je me comporte de manière monstrueuse, je pense à moi au lieu de penser au groupe.

Chris grommela : « Pense à moi, surtout, parce que je vais te coller une vraie pâtée ! »

À neuf heures, la partie s'engagea. Les candidats reçurent un vélo, un plan de l'île et un premier indice ; après le signal du départ, ils devaient aller de repère en repère – chaque lieu fournissant des renseignements pour atteindre le prochain – jusqu'à l'ultime cachette contenant le trésor. Celui qui fracturerait le coffre de pirate saisirait la pièce portant le numéro un, le suivant le numéro deux, et ainsi de suite.

– Que le meilleur gagne ! hurla Paul Brown, cramoisi, en gonflant ses veines à l'encolure.

Un pétard retentit dans le ciel turquoise.

Chris démarra en déployant déjà toute l'énergie du sprint final, réfléchissant et pédalant, poussant ses voisins du coude.

En trois étapes, il prit la tête de l'excursion. Rebus et localisation des cachettes lui paraissaient d'une simplicité enfantine, cependant il ne s'autorisa pas à mollir ni à relâcher la pression.

Un détail le contrariait : les deux participants à ses trousses étaient Bob et Kim, un Texan et un Coréen. Il râlait, vexé : « Je ne concours pas pour rivaliser avec ces deux-là ! Un tubiste et un percussionniste ! » Comme tous les musiciens, Chris avait établi une hiérarchie : au sommet, les grand solistes, pianistes, violonistes et violoncellistes ; à l'étage suivant, les flûtistes, altistes, harpistes et autres clarinettistes ; en bas, la valetaille, ceux qui pratiquaient les instruments pauvres, limités, ces instruments de complément tels le tuba et les percussions !

« Pourquoi Axel traîne-t-il dans le peloton ? »

Essayant de comprendre son prochain à travers lui, il imaginait qu'Axel se freinait à dessein, s'impliquait mollement pour éviter la confrontation avec Chris ; en concourant en sous-régime, Axel se réservait la possibilité de se raconter que, s'il l'avait voulu, il l'aurait emporté.

– Salaud ! Tricheur ! Minable ! grogna Chris, en danseuse sur son vélo, abordant une côte redoutable.

Au dixième indice, en se retournant, Chris constata qu'Axel avait rattrapé Bob et Kim.

– Ah, il s'y met !

La valeur des adversaires fait la valeur d'une compétition et le prix de la victoire ; en voyant pointer Axel sur ses talons, Chris éprouva un regain de dynamisme.

Malgré le soleil à son zénith, il jeta toutes ses forces mentales et physiques dans les dernières étapes. La difficulté croissante des énigmes avait ralenti Kim et Bob, relégué la troupe loin derrière ; assez vite, ils ne furent plus que deux, l'Australien et lui ; la course devenait enfin le duel que Chris avait souhaité.

– Duel, duo… Ce vieux con de Pastella, en musique de chambre, prétendait que je confondais les deux notions ! « Un duo, c'est jouer ensemble, monsieur Chris ; un duel, c'est jouer l'un contre l'autre », répétait-il, ce ringard ! Pas étonnant qu'il ait pourri dans un poste d'enseignement, sans rencontrer le public, il n'avait jamais pigé que tout est duel, toujours !

D'ailleurs, mercredi dernier, n'était-ce pas ce qui s'était produit quand Paul Brown avait exigé qu'Axel et Chris exécutent la sonate de Franck pour violon et piano ? Après quelques mesures, lorsque Chris comprit qu'Axel attaquait l'œuvre avec aisance, fraîcheur, comme s'il l'avait composée le matin même, il décida d'attirer l'attention sur lui en montrant l'étendue de ses possibilités pianistiques, multipliant les nuances, accentuant les contrastes, devenant très vif quand il fallait être vif, puis très tendre, très rêveur, très bouillonnant, excessif, maniéré, surinterprétant sciemment l'œuvre de Franck afin que, par comparaison, l'intervention d'Axel passât pour timide, sans panache. Opération réussie : les compliments s'amoncelèrent sur Chris ; seul Paul Brown, d'une moue sceptique, signifia au Français que, ayant détecté la manœuvre, il ne l'appréciait guère.

Vingtième borne ! D'après les symboles, Chris déduisit que le trésor devait se trouver au fond de l'eau, sous un massif de corail. Il allait enfin mettre à profit son mois d'entraînement.

Devançant Axel de quatre minutes, il arriva à la côte, dissimula son vélo dans un buisson puis courut jusqu'à la crique que lui signalait sa carte.

Là, une guérite l'attendait avec du matériel de plongée portant le sigle « Music and sports in Winter ».

– Parfait, je ne me suis pas trompé.

Vérifiant son avance toutes les dix secondes d'un regard furtif en arrière, il ajusta le gilet, harnacha la bouteille sur son dos, chaussa les palmes puis régla le masque.

Axel surgit. Comme s'il venait d'être piqué, Chris se

rua dans l'eau, soucieux de rester en tête, filant à longs coups de palmes vers les coraux.

– Ce doit être à l'est, d'après mes calculs.

Il progressa, ondulant à la surface. Par réflexe, après cent mètres, il se retourna pour voir où en était Axel : celui-ci venait de partir à l'ouest.

– À l'ouest ? Pourquoi va-t-il à l'ouest ?

S'agissant de quelqu'un d'autre, il n'y aurait pas prêté attention, mais vu le discernement d'Axel, un doute s'insinua dans son cerveau bouillonnant.

En agitant ses jambes, il réfléchit, réassembla le puzzle des indices et stoppa soudain :

– Il a raison !

Furieux, il braqua, étira ses mouvements, tenta de gagner encore de la vitesse, les poissons fuyant effrayés autour de lui. Peut-être aurait-il la chance de réussir car Axel rasait les rochers tandis que lui coupait par les eaux.

Près des bancs de corail, à bonne distance dans la prairie liquide, il lui sembla appréhender une forme insolite. Le coffre ? Il accéléra, au risque d'une asphyxie ou d'un claquage.

À sa droite, Axel contourna l'architecture de corail, puis se glissa entre d'énormes massifs aux angles aigus. Vit-il un animal dangereux qui l'obligea à un recul brusque ? Éprouva-t-il une défaillance ? S'appuya-t-il sans s'en rendre compte contre un rocher branlant ? Un bloc céda, un deuxième aussi, et la silhouette disparut dans un nuage de débris.

Chris hésita. Que faire ? Le rejoindre ? L'aider ? C'est ce qu'on lui avait enseigné pour son diplôme de plongeur. En même temps, il voulait avoir la certitude que la tache brune, là-bas sur sa gauche, à dix mètres de profondeur, était bien le coffre de pirate.

Par obéissance au code néanmoins, il s'approcha des eaux troublées où gigotait Axel. Celui-ci, après l'éboulement, s'était coincé les pieds dans une crevasse. En voyant Chris, il lui adressa des grands signes de détresse.

– OK, OK, je vais t'aider, expliqua Chris avec des gestes, mais je vais d'abord récupérer à côté la preuve de ma victoire, la pièce numéro un.

Axel protesta, roula des yeux, multiplia les appels au secours.

« Non, mon vieux, pas à moi ce cinéma-là ! songea Chris en obliquant à gauche. Je connais le truc : lorsque je t'aiderai, tu te dégageras, tu me pousseras et tu fonceras me voler la pièce numéro un. D'ailleurs, tu as raison, je ne peux pas t'en vouloir, je ferais pareil. Mais dans la mesure où j'ai le choix, je me sers d'abord. À tout à l'heure, numéro deux. »

Tandis qu'il s'écartait, Axel redoubla ses mouvements de bras, le visage ravagé de grimaces, criant au risque de se noyer.

– Ah, il est normal, s'amusa Chris en jetant un œil sur son rival, ça le rend hystérique de perdre.

En prenant son temps, il ouvrit, non sans efforts, l'épais couvercle qui recouvrait les pièces de laiton, chercha celle marquée du numéro 1, l'introduisit dans la poche de son gilet puis vira lentement, réjoui, vers Axel.

À quelques mètres, il nota un détail anormal : les bulles sortaient du dos d'Axel, pas de son masque, et le corps ne se tortillait plus. Que se passait-il ?

Un frisson d'angoisse le traversa. Et si les tuyaux d'oxygène avaient été sectionnés lors de l'éboulement ? Chris donna de rapides et puissants coups de palmes, envahi par la panique. Trop tard : les paupières fermées, la bouche béante, sans vie, Axel demeurait immobile. Les roches qui emprisonnaient ses pieds le retenaient au fond.

À cet instant, Chris avisa une ombre au loin. Kim fourrageait, en quête de la dernière borne.

Le pianiste réfléchit vite : soit il restait, et il lui faudrait expliquer pourquoi il n'avait pas aidé Axel plus tôt ; soit il partait discrètement, laissant Kim découvrir le cadavre.

Sans calculer davantage, il pénétra les récifs afin de ne pas être repéré par Kim qui, pour l'heure, s'égarait dans une mauvaise direction. Il se faufila jusqu'à la plage, se cacha derrière des palmiers, se délesta de son matériel en surveillant à la fois la mer et la terre, où il craignait à chaque seconde le surgissement d'un joueur.

Puis il courut à son vélo, se félicita de l'avoir caché à la vue de Kim qui ne pourrait pas prétendre que Chris se trouvait sur les lieux, et pédala à un train d'enfer. À bout de souffle, le cœur sautant dans la poitrine à en sortir, il rejoignit le campement de base et franchit, victorieux, la ligne d'arrivée.

Les stagiaires qui n'avaient pas participé au rallye ou avaient abandonné en route le congratulèrent. Paul Brown, sa peau de roux enflammée par le soleil, le front dégoulinant, les aisselles baveuses, s'avança en souriant :

– Bravo, Chris. Je ne suis pas surpris. Mes paris hésitaient entre Axel et toi.

– Merci.

– Qui te suit ?

– Je ne sais pas. La dernière fois, c'était Kim. À un moment j'ai vu Axel se rapprocher, puis reculer. D'après moi, Kim et Axel se disputaient la deuxième place, mais très loin derrière. À l'épreuve finale, quand j'ai quitté la crique, aucun des deux ne l'avait encore atteinte.

Intérieurement, il s'inclina devant son astuce : voilà un joli petit mensonge qui accréditerait son absence sur le lieu de l'éboulement et le dégagerait de toute responsabilité. Paul approuva de la tête puis fit signe à l'un de ses assistants d'apporter les bagages.

– Sais-tu, mon petit Cortot, que tu dois bientôt partir, peut-être avant que les autres ne reviennent ?

– Je le sais. Pourquoi crois-tu que je suis le premier ?

– Prends tes sacs, le bateau t'attend. Bravo, donc. Je te souhaite une belle vie. Une belle carrière, inutile que je m'épuise en vœux, je sais que tu l'obtiendras.

Il embrassa le jeune homme à l'américaine, en le plaquant contre lui et en lui tapotant le dos des mains. Chris décida, dégoûté par ce ventre flasque, qu'à l'âge de Paul, il s'interdirait de grossir.

– Ravi de t'avoir rencontré, Chris.

– Ravi, Paul… ravi.

Même répondre en écho lui était malaisé, tant il avait hâte de filer.

Pendant les heures suivantes, en bateau, en jeep, en avion, il rumina, empoisonné par deux ou trois pensées : vérifier la solidité de son plan, répondre aux objections, imaginer le pire et dessiner la manière de s'en sortir. Peu préoccupé d'Axel, il songeait à lui, seulement à lui, à son éventuelle culpabilité, ou plutôt à ce qu'on pourrait, avec mauvaise foi, lui reprocher.

Quand il mit le pied à Paris, ce 4 septembre 1980, sans avoir fermé l'œil, et qu'il passa la douane en échappant aux questions, il s'estima sauvé. « On ne viendra pas me chercher ici, tout est derrière moi. Hourra ! » Il s'enfuit aux toilettes pour exécuter une danse de joie, comme s'il venait de gagner à nouveau.

Devant le tapis roulant qui vomissait les valises, il examina le monde avec bienveillance, dans un esprit de retrouvailles, séduit par les larges murs blancs, les sols marbrés, les chromes immaculés, le plafond ajouré qui filtrait la lumière mercurienne de Paris. Soudain, derrière les hautes vitres, dans le hall public, il aperçut sa mère. Elle le guettait. Inquiétée par le retard, angoissée de ne pas voir son unique enfant, elle jetait des regards désespérés autour d'elle. Quelle détresse ! Quel amour derrière ce trouble...

Il tressaillit.

À Sydney, une mère allait apprendre, avec le même visage bouleversé, la disparition de son fils.

Foudroyé par l'évidence, il conçut alors qu'Axel venait de mourir, et que lui, Chris, était son assassin.

*

En ce mois de juin 2001, M. et Mme Beaumont, vendeurs d'objets religieux, n'en revenaient pas de séjourner à Shanghai.

À chaque instant, ils relevaient la tête, leurs yeux émerveillés quittant la table en tek où s'amoncelaient les articles, pour contempler, à travers la baie vitrée légèrement fumée, l'ahurissante ville chinoise aux vingt millions d'habitants qui s'étalait à perte de vue, fouillis d'immeubles et de bâtiments, hérissée d'antennes, gangrenée par les publicités en idéogrammes, une forêt minérale, fumante où les gratte-ciel, telles des épées, bataillaient avec les nuages.

– Tu vois, ma chérie, la bâtisse étincelante, là-bas, en forme de fusée ? Minimum cinquante étages, non ?

– Minimum, confirma Mme Beaumont.

Mlle Mi, dans un français fruité, aux sons brefs et doux, rappela les deux commerçants à l'ordre :

– Puis-je résumer votre liste, monsieur, madame ?

– Allez-y, répondit Beaumont à sa fournisseuse, tel un roi qu'on sert.

– Allez-y, renchérit Madame, laquelle avait pris l'habitude de répéter un mot de la dernière phrase prononcée par son mari afin de ne pas le contrarier.

Sur son carnet, Mlle Mi pointa avec son stylo chaque ligne de la commande avec l'autorité d'une première en classe :

– Vous avez donc choisi le porte-clés de sainte Rita en promotion (15 000 exemplaires en métal, 15 000 en résine), la plaque automobile de sainte Rita (4 000 exemplaires) le chapelet composé de vingt-deux grains avec médaille à l'effigie de la sainte (50 000), ainsi que le mug (4 000), le coquetier (4 000), les bougeoirs (5 000) et les bols (10 000). Et, à un prix d'essai de un dollar, j'ajoute une centaine de bavoirs sainte Rita en éponge pour les bébés désespérément sales. Ne seriez-vous pas tentés par une superbe statuette de sainte Rita, six centimètres de haut, à poser dans la voiture ? Son socle adhésif permet de la fixer partout.

– Combien ?

– Quatre dollars. Petit prix mais fantastique qualité. Il s'agit de métal argenté.

Mlle Mi avait prononcé « métal argenté » avec emphase, comme si elle annonçait de l'argent pur.

– Mettez-en mille, nous rencontrons parfois des routiers très croyants, admit M. Beaumont.

– Et les écussons de sainte Rita ?

– Les écussons, ça ne marche plus en France.

Mme Beaumont glapit soudain :

– Et les piluliers ?

– Les pilu… quoi ? demanda Mlle Mi, à qui le mot échappait.

– Les boîtes à pilules ! Pour les malades ! Les adeptes de sainte Rita, la sainte de l'Impossible, suivent souvent des traitements médicaux. À mon avis, ils vont s'arracher les piluliers.

– Comptez-en quarante mille, mademoiselle. Et l'affaire sera close.

Mlle Mi leur tendit le bon de commande que M. Beaumont signa, écarlate, conscient de son importance.

– Peut-être aurons-nous l'honneur de saluer M. Lang ?

– Bien sûr, acquiesça Mlle Mi, puisque le président vous l'a promis.

– Depuis le temps que nous traitons ensemble…, reprit M. Beaumont. Je me réjouis de lui serrer la main, à M. Lang.

– Le mystérieux M. Lang, susurra Mme Beaumont.

Mlle Mi se garda de répondre quoi que ce soit ; selon elle, M. Lang, son patron, n'avait rien de mystérieux, au contraire, c'était clairement le plus grand salaud qu'elle avait jamais croisé !

Par téléphone, elle joignit le secrétaire du président puis laissa les Beaumont dans la pièce.

Alors que ceux-ci s'exclamaient devant le panorama, un homme pénétra derrière eux.

– Bonjour, dit une voix grêle.

Les Beaumont se retournèrent, prêts à se répandre en amabilités, mais la vue de l'individu qui les toisait depuis son fauteuil roulant stoppa leur élan.

Habillé de sombre, les vêtements maculés de gras, une barbe de trois jours gangrenant son teint malsain, M. Lang cachait ses yeux derrière des lunettes noires, ses cheveux – s'il lui en restait – sous un chapeau sans forme, et ses émotions – s'il en avait – derrière un masque de dureté. Manœuvrant un fauteuil électrique avec la main gauche, on ne savait ce qui était arrivé à ses jambes ni à son bras droit, on percevait juste leur raideur, leur maigreur, leur distorsion. Pas un homme, mais un graffiti d'homme, un brouillon, une esquisse, un raté.

– Voulez-vous que je vous fasse visiter nos ateliers ?

Révulsée, Mme Beaumont songea qu'il le faisait exprès, oui, exprès d'avoir cette voix grinçante, détimbrée, aussi désagréable qu'un ongle griffant une vitre. Elle saisit le biceps de son mari et y enfonça ses doigts.

– Voulez-vous ? insista Lang, agacé par le silence du couple français.

M. Beaumont se secoua comme s'il se réveillait.

– Avec plaisir.

– Plaisir…, bredouilla Mme Beaumont.

M. Lang roula illico vers l'ascenseur, ce qui était une invitation à le suivre. Les Beaumont échangèrent un regard. Glacés, envahis d'un malaise diffus, ils ne parvenaient plus à se comporter normalement, n'éprouvant pas la pitié chaleureuse que déclenchaient d'ordinaire en eux les malades, ils devinaient chez Lang une telle hostilité rageuse qu'ils lui reprochaient d'être infirme, l'accusant d'avoir ajouté cette provocation à son arsenal, une agression délibérée, un raffinement d'insolence.

Au sous-sol, Lang jaillit de l'ascenseur, furieux d'avoir partagé son air durant vingt-cinq étages avec ces touristes, et désigna l'atelier illuminé au néon où s'activaient une centaine d'ouvriers chinois :

– Voici le lieu où nous fabriquons nos items.

– Pourquoi sainte Rita ? demanda M. Beaumont avec une gentillesse onctueuse.

Il adressa un clin d'œil vainqueur à son épouse car il était persuadé que cette habile question allait permettre à M. Lang d'expliquer l'origine de son infirmité et, ce faisant, de s'humaniser un peu.

Celui-ci répondit du tac au tac :

– Le créneau était libre.

– Pardon ?

– Oui, Jésus et la Vierge Marie dominent le marché. En Europe, les saints ne sont plus à la mode, sauf sainte Rita et saint Jude, si on les travaille en marketing.

– Saint Jude ?

M. et Mme Beaumont n'avaient jamais entendu

parler de saint Jude ni vendu d'objets le représentant. Lang gronda, agacé par tant d'ignorance.

— Le saint du stationnement ! Saint Jude est le saint qu'il faut appeler quand vous ne trouvez pas de place pour vous garer : peu connu, il a le temps de s'occuper de vous. Il vous arrange ça très vite.

— Ah oui ? Ça marche vraiment ?

— Vous plaisantez ! Je vous raconte ce qu'il faut débiter pour le vendre. Mlle Mi ne l'a pas fait ?

— Non.

— L'idiote ! Elle sera virée demain.

Mme Beaumont piqua un fard en découvrant ce que démoulait un ouvrier devant elle.

— Mais... mais... mais...

— Oui, nous produisons ça aussi, approuva M. Lang, des accessoires pornographiques. Ça vous intéresse ?

M. Beaumont s'approcha à son tour du phallus en plastique posé parmi des fesses de femmes en silicone.

— Oh ! C'est répugnant.

— Erreur, répliqua Lang, ce sont d'excellents articles, aussi bons que nos accessoires religieux. Quand on est équipé pour le moulage, vous savez, il s'agit des mêmes matériaux et des mêmes techniques.

— C'est insultant ! Penser que nos saintes Rita voient le jour à côté de ces... et de ces...

— Sainte Rita comme nous tous, monsieur ! Vous n'êtes grossiste que pour le religieux ? Dommage, parce qu'une fois qu'on est dans le commerce...

Le téléphone sonna. Lang écouta ce qu'on lui disait, ne répondit pas, raccrocha puis lâcha, sans plus se soucier des Beaumont :

— Je remonte.

À peine les Français eurent-ils articulé un adieu que les portes de l'ascenseur se refermaient sur Lang.

Arrivé dans son bureau, celui-ci se propulsa au-devant de son secrétaire, un Coréen de vingt-cinq ans, long comme une ficelle.

— Alors ?

— Ils l'ont repéré, monsieur.

Pour la première fois, le secrétaire vit son patron sourire : la bouche de M. Lang se fendit, laissant un ricanement s'échapper de sa gorge.

— Enfin !

Convaincu qu'il plairait au tyran, le secrétaire fournit les informations dont il disposait :

— Il n'exerce pas dans le domaine où nous enquêtions. Vous nous aviez indiqué la musique classique, n'est-ce pas ?

— Oui, que fait-il ? Il s'est converti à la variété ?

— Son activité n'a plus rien à voir avec l'art. Voici le dépliant concernant l'endroit où il travaille.

M. Lang saisit le document. Lui, si impénétrable d'ordinaire, ne put empêcher ses sourcils de se relever, marquant une seconde d'étonnement.

— Et vous êtes sûr que c'est lui ?

— Catégorique.

Lang hocha la tête.

– Je veux y aller. Immédiatement. Réservez-moi un avion.

Le secrétaire se glissa derrière le bureau et décrocha le téléphone. Pendant qu'il composait le numéro, Lang lui lança d'un ton négligent :

– Vous foutrez dehors Mlle Mi, dès ce soir. Incompétence professionnelle.

Le secrétaire obtint leur agence de voyages.

– Je voudrais réserver un billet pour la France. La ville d'Annecy… Il n'y a pas de vol direct ? Vous êtes certaine ? Il faut faire Shanghai-Paris, puis Paris-Grenoble et louer une voiture pour Annecy ? Ou alors Shanghai-Genève et finir en taxi ?

Il couvrit le combiné de sa paume et questionna son patron :

– Ça vous va, monsieur ?

Le nabab des articles religieux et pornographiques opina du chef.

– D'accord, reprit le secrétaire. Shanghai-Genève. Le plus tôt possible. En business class. Au nom de Lang. Axel Lang.

Manœuvrant vers la fenêtre pour mieux capter la lumière du jour, Axel tournait et retournait le prospectus que lui avait remis son secrétaire, tentant de distinguer sur les minuscules photos l'homme qu'il recherchait depuis des mois et dont le souvenir le harcelait depuis vingt ans.

Sunil, son kinésithérapeute, un colosse adipeux, ex-champion de judo, interrompit cet examen en claquant des mains.

– C'est l'heure de votre séance, monsieur.

Quelques minutes plus tard, la peau huilée, Axel recevait les soins quotidiens que réclamait sa rééducation. Sous lui, à travers le trou ménagé dans la table de massage pour les yeux et le nez, il avait placé le dépliant qu'il apprenait par cœur en chantonnant.

– Vous semblez de meilleure humeur que d'ordinaire, monsieur Lang.

« De quoi se mêle-t-il, ce crétin ? bougonna Axel. En quoi ça le concerne que je sois content aujourd'hui ou de mauvais poil les autres jours ? Il est masseur, pas psychiatre, cet abruti ! »

Après cinq minutes, puisque Axel fredonnait de nouveau, l'ancien judoka, par sympathie, s'autorisa à reposer sa question, conjecturant que son patient aimerait partager ses émotions.

– Qu'est-ce qui vous rend joyeux, monsieur Lang ?

– Une promesse. Je m'étais juré qu'à mon premier milliard, je réaliserais un rêve. Mon rêve.

– Ah oui ? Félicitations monsieur. Pour le milliard, je veux dire.

– Vous me faites mal, imbécile.

– Pardon. Et quel est ce rêve, monsieur ?

– Aller en France.

– Je comprends ça...

– À Annecy.

– Là, je ne connais pas.

– Moi non plus. À la villa Socrate.

– La villa Socrate ? Qu'est-ce ? demanda le masseur d'une voix traînante. Un restaurant ? Un centre de thalassothérapie ? Une clinique de pointe ?

– Rien de tout ça. Simplement le lieu où je vais me venger. J'hésite entre le supplice et le meurtre.

– Comme vous êtes drôle, monsieur Lang !

Le rire du colosse sonnait faux ; dans son éclat, il y avait davantage de bêtise que de joie. Axel songea que, massé par Sunil depuis six mois, il ne supportait plus sa sérénité d'ancien lutteur, ses conversations de décérébré et ses mains moites. Demain, avant de partir, il le virerait.

Pacifié, il examina de nouveau les photos du dépliant où des adultes posaient en s'agrippant les épaules. Où était-il ? Lequel de ces hommes ? À quoi pouvait ressembler Chris à présent ?

*

Le concerto *À la mémoire d'un ange* sortait, discret, timide, furtif, du haut-parleur. Un souvenir de musique plus qu'une musique présente. Dans sa chambre sous les combles, Chris veillait à ne jamais pousser le volume car, en cette grande maison de bois accrochée à la montagne, les sons voyageaient de pièce en pièce ; il ne souhaitait pas qu'un des adolescents dont il s'occupait à la villa Socrate vienne l'agresser en critiquant ses goûts, non qu'il en eût honte mais parce que cette œuvre appartenait à sa vie intime, et qu'il ne partageait sa vie intime avec personne.

Crachotés par un appareil bon marché, le violon réduit à sa ligne, l'orchestre ramassé en un magma sonore lui suffisaient pour deviner l'œuvre, pour libérer ses souvenirs. Chris écoutait ce disque comme on regarde un cliché aux couleurs passées, faisant de la musique un support de rêverie.

Depuis qu'Axel était mort, il n'avait cessé de penser à lui. Au départ, ça se limitait à une source minuscule, un filet d'eau dans sa mémoire, mais avec le temps, le ruisselet avait acquis l'ampleur et la puissance d'un fleuve. Axel, figé dans son génie, sa gentillesse, sa perfection, tenait désormais une place essentielle dans l'esprit de Chris, une icône, un saint, presque un dieu que cet athée consultait en cas de dilemme.

Assis sur sa chaise, devant le petit bureau sur lequel tombait la lumière du jour, Chris contemplait son spectacle préféré, le paysage que les saisons variaient sans cesse. De sa lucarne, on voyait plus d'eau, plus d'air que de terre. Une fenêtre ouverte sur l'infini ? En bas de la pente, le lac d'Annecy dormait sous un ciel pur où tournoyaient des aigles. Sur les versants de la rive opposée, les maisons au milieu des sapins semblaient des pavés dans une prairie sombre tandis qu'en haut, rendus fantomatiques par la distance, paissaient des troupeaux de sommets blancs.

– Hé, Chris, viens vite, nous avons un problème.

Laura, une collègue dont le jean de lolita et le T-shirt flottant accentuaient la maigreur, avait franchi sa porte.

Il la rejoignit. Sans échanger un mot pour éviter que les pensionnaires ne les entendent, ils foncèrent au bureau directorial, la seule pièce isolée du chalet.

Montignault, le fondateur du lieu, réunit ses sept éducateurs et leur annonça :

– Karim, notre dernier arrivé, a fui. On ne l'a pas vu ce matin, ni dans son lit, ni à l'atelier ni à la grange.

– Il faut prévenir la gendarmerie ! s'exclama Laura.

Montignault fronça les sourcils.

– Le plus tard possible, Laura, cherchons d'abord. Il n'est pas bon d'envoyer les gendarmes à la poursuite d'un gamin qui a déjà beaucoup trop fréquenté la police pendant sa vie précédente. Soit il se cachera mieux, soit il les agressera, soit, s'il est pris, il nous en voudra en nous assimilant à des flics. Ce serait contre-productif. Nous perdrions toute influence sur lui.

Le groupe approuva, y compris Laura. Dans ce centre consacré aux adolescents en difficulté – drogués, battus, violés, prédélinquants –, les animateurs, passionnés par leur tâche, ne cultivaient pas leur ego et acceptaient d'avoir tort. Plus qu'eux comptait l'enfant.

– J'imagine que certains d'entre vous ont su créer un lien avec lui. Qui le connaît un peu ?

Chris leva le bras.

– Oui, Chris. Donne-nous des indices.

– J'ai peur qu'il ne s'agisse pas d'une fugue.

– Que veux-tu dire? demanda avec inquiétude Montignault.

– Karim a des pulsions suicidaires.

Un silence consterné accueillit cette déclaration. Aussitôt, les éducateurs spécialisés s'assirent autour du bureau et réfléchirent aux moyens que pouvait employer Karim pour en finir.

Vingt minutes plus tard, Chris se dirigeait vers la voie ferrée en contrebas de la villa Socrate. Pour choisir une direction, il s'était mis à la place de Karim, un garçon élevé dans un quartier défavorisé. Puisqu'une pulsion de mort est une démarche régressive, un acte visant à récupérer le confort enfantin, le jeune homme avait dû repérer, dans ce paysage alpestre ô combien exotique pour lui, un endroit qui lui rappelât sa cité originelle, en banlieue de Paris. Quoi de plus universel que le chemin de fer? Même odeur en ville qu'à la campagne, un mélange d'huile, de charbon, de déchets organiques. Mêmes panneaux au-dessus des barres d'acier. Même danger si une locomotive surgit.

Il descendit le long de l'étroite rivière qui gloussait, moussait et filait dans son lit de pierres où, par endroits, une chevelure d'herbe verte ondoyait. Un vent de glace lui giflait la face. Décidément, l'hiver approchait.

Arrivé au bord des rails, Chris regarda des deux côtés : il ne vit personne.

Soudain, il songea que plus loin un autre élément avait pu attirer le gamin : un pont routier dominant le couloir ferroviaire. En se remémorant le lieu, Chris n'eut plus aucun doute : Karim devait être là-bas, attendant l'irruption d'un train pour se précipiter sous ses roues.

Au pas de course, mais en prenant soin de ne pas être vu, il parcourut le kilomètre conduisant au lieu. Bien calculé ! Il distingua une silhouette sur le pont, laquelle observait l'horizon.

S'avançant pendant que Karim lui tournait le dos, Chris ne commença à lui parler qu'à quelques centimètres.

– Karim, je crois que tu as mal partout ce matin.

L'adolescent pivota, hésitant entre la fureur d'être retrouvé, la surprise de reconnaître Chris, l'éducateur avec lequel il avait sympathisé, et l'émotion provoquée par sa phrase.

– Tu as mal, c'est ça, tu as mal ? continua doucement Chris.

Karim avait envie de dire oui, mais acquiescer aurait été répondre, et il ne voulait plus répondre à personne.

– C'est ta vie, Karim, tu en fais ce que tu veux.

Le rebelle eut l'impression que Chris venait de lire dans son esprit.

– Je ne veux pas gâcher ta décision, ni le moment que tu passes ici. Le problème, c'est que je vais rester avec toi, et que si un train s'annonce, je t'empêcherai de sauter. Oui, d'accord, je suis embêtant.

Karim se détourna, dérangé par tant de compréhension.

– Alors, je te propose un truc, Karim : je vais te payer un verre là-bas.

Il désigna une auberge au-dessus d'eux, visible quoique petite, un point rouge au milieu de la pente vertigineuse.

– Là, nous allons discuter un peu. Après tu feras ce que tu veux.

– Je reviendrai ici ! cria Karim, histoire de prouver qu'il n'était ni une girouette ni une mauviette.

– D'accord, conclut Chris. Si tu veux, tu reviendras ici et je te laisserai tranquille. Auparavant, bois un café ou un chocolat chaud avec moi.

– Juré que tu me foutras la paix après ?

– Juré !

L'orgueil à fleur de peau du garçon ayant été respecté, celui-ci rentra les mains dans ses poches, courba les épaules en baissant la tête, ce qui signifiait « Je t'accompagne ».

De la terrasse de l'auberge, plus haut, un homme avait suivi la scène et semblait très intéressé par la rencontre. Lorsqu'il constata que les deux silhouettes montaient vers lui, il actionna son fauteuil roulant, rentra à l'intérieur et se cala entre deux poutres, un endroit où, espérait-il, on ne le remarquerait pas.

En pénétrant dans la salle aux rideaux et nappes à

carreaux rouges, où des cloches d'alpage trônaient sur les rebords de fenêtres, Karim n'eut la confirmation qu'il s'agissait d'un café que par deux détails, le percolateur derrière un comptoir en zinc et le flipper près des toilettes.

Chris commanda deux chocolats et ils collèrent leurs paumes gelées aux bols de grès avant de boire.

– Pourquoi veux-tu te supprimer ?

– Parce que je ne suis bon à rien. Je ne fais que des conneries.

– Quel âge as-tu ?

– Seize ans.

– Alors nous dirons que tu as accumulé les conneries jusqu'à seize ans. Après, tu...

– Tu parles ! Quand tu es en fer, tu restes en fer. En bois, tu restes en bois. Quand tu es de la merde, comme moi, tu restes de la merde.

– Faux. On change. J'en suis la preuve.

– Toi ? T'as toujours été comme ça !

– Ah oui, j'ai toujours été comme ça, le genre saint-bernard, qui pense aux autres avant de penser à lui ? Figure-toi que, lorsque j'avais ton âge, je m'en foutais des autres, je leur marchais dessus, je ne songeais qu'à ma gueule.

– Tu dis ça pour me...

– Je dis ça parce que c'est la vérité. On n'est pas mauvais à jamais, Karim, si on en prend conscience, on s'améliore. On est libres, Karim, libres !

– Libre, moi ? Dès que j'aurai l'âge d'être en prison, ils vont m'y foutre. Et ils auront raison. Je veux en finir avant.

– Tu ne crois pas à la rédemption ?

– De quoi tu parles ?

À deux mètres d'eux, ne perdant pas un mot, Axel avait de plus en plus de mal à respirer. Il s'enfonça davantage dans son recoin pour écouter sans être vu.

– Renverse le destin, Karim. Un voleur peut devenir honnête, un assassin comprendre qu'il a mal agi et ne plus recommencer. Karim, quoique tu aies débuté avec le vandalisme, les pillages, les casses et le trafic d'héroïne, tu n'es pas à l'abri de bien te comporter. La preuve, c'est que tu te dégoûtes. Un vrai mauvais estime qu'il est bon. De même les cons ignorent qu'ils sont cons. Toi, excuse-moi, tu as déjà accédé à la catégorie supérieure. J'ai confiance en toi, Karim. Autant que je le pourrai, tu en as ma parole, je t'aiderai.

Ils se turent. Karim se réchauffait avec le chocolat, mais aussi avec les propos de Chris.

Pour ne pas céder à la sentimentalité, demeurer fort – selon ses critères –, il rua encore dans les brancards :

– Qui es-tu ? Pourquoi tu t'occupes de moi ? Tu n'es pas mon frère !

– Pas directement.

– Ça veut dire quoi ?

– Que je peux me sentir ton frère même si je ne suis pas de ton sang.

– Bouffon ! On n'est frères que par le sang, le reste, c'est du flanc.

– Ah oui ? Parce que tu n'as pas vu des frères se battre ou se détester dans ton quartier ? Et toi, dans ta famille, tes frères, ils ont fait quoi pour toi ?

– Ils sont trop petits, je suis l'aîné.

– Et tu te supprimes. Bravo, le grand frère idéal !

– Oh, ça va… ça ne regarde que moi, ce que je fais.

– Non justement. Connais-tu l'histoire des deux frères, Caïn et Abel ?

– Tu parles, c'est dans le Coran !

– Dans la Bible aussi. Fils d'Adam et Ève, ces deux garçons vivent sans accroc jusqu'à cette fameuse querelle des offrandes. L'un, Abel, tend à Dieu les produits de son activité d'éleveur, sans doute un bœuf et un mouton, tandis que Caïn propose ses fruits et légumes de cultivateur. Or Dieu, sans raison logique, reçoit le don d'Abel, refuse celui de Caïn. Tu sais que la vie est ainsi, injuste, imprévisible, inégale. Il faut l'accepter. Or Caïn, très orgueilleux, ne l'accepte pas, il se fout en pétard, il se révolte. Dieu l'engueule en lui conseillant de se calmer. Pas moyen ! Sur un coup de colère, Caïn tue son frère Abel dont il est devenu jaloux. Sur les lieux du crime, mais trop tard, Dieu lui demande pourquoi. Caïn ricane en répondant : « Suis-je le gardien de mon frère ? » Eh bien oui, il l'était, mais il ne l'avait pas compris, il n'avait pas réfléchi à la grande famille humaine. Tout homme est responsable de tout homme, de son frère et des autres. Tuer, c'est l'oublier. Être violent, c'est l'oublier. Moi je ne veux plus l'oublier : je suis ton gardien, Karim, je ne te laisserai pas tomber. Et toi, tu es le gardien de tes petits frères : non seulement tu ne peux pas les abandonner, mais tu dois les aider.

– OK... Qu'est-ce qui se passe après ?

– Dieu envoie Caïn dans une contrée où il travaillera, rongé par le remords, et fera des enfants ; l'humanité jusqu'à Noé est censée descendre de lui. Comme quoi la violence n'empêche pas de progresser. Comme quoi surtout, il n'y pas d'existence sans violence, il faut juste la brider.

– Quand je disais «Qu'est-ce qui se passe après ?», je parlais de moi, pas de Caïn !

– Tu rentres avec moi, tu me fais confiance, tu te fais confiance. Peut-être deviendras-tu celui que tu es, le vrai Karim, pas celui qu'ont fabriqué les voyous qui règnent dans ta cité.

– Tu crois en Dieu, toi ?

– Non. Mais j'aime les histoires qui me rendent moins seul et moins bête.

– Moi, je crois en Dieu ! dit Karim, fier d'exprimer sa conviction, sa supériorité.

À son attitude, Chris comprit qu'il avait gagné : le gamin ne retournerait pas se jeter sous un train.

Peu après, ils quittèrent la pièce et l'un près de

l'autre, leurs épaules se touchant parfois, empruntèrent le sentier qui montait à la villa Socrate.

Axel se pencha pour les suivre jusqu'à ce qu'ils se noient dans le lointain. « Déçu », cet unique mot flottait dans son esprit, « déçu », oui, « profondément déçu », car il n'avait pas imaginé retrouver Chris dans ces dispositions.

Lui aussi se sentait changé.

Où était la jubilation qu'il s'était attendu à éprouver ? Pourquoi la proximité de la vengeance ne l'envoûtait-elle plus ? Pourquoi la joie noire de porter bientôt ses coups ne le soulevait-elle pas ? Allons, il allait se ressaisir...

*

Alors que la piscine aux amples baies vitrées avait été conçue pour offrir l'illusion de se baigner au milieu de la nature alpine, entre les prairies qui dévalent des sommets et le lac déployé au sol, sous le regard paisible des montagnes aux calots enneigés, elle donnait ce jour-là l'impression d'être isolée du monde, tant la vapeur s'était plaquée au verre, gouttes chaudes attirées par le froid, occultant toute vue sur la vallée.

Quelques nageurs arpentaient le grand bassin, enchaînant les mouvements avec souplesse, indifférents les uns aux autres. Un vieillard aux formes d'insecte, abdomen gonflé sur des jambes rachitiques, debout à côté du plongeoir, exécutait des cercles lents avec ses bras.

Monté sur une chaise haute qui lui permettait de surveiller l'ensemble du lieu, un maître nageur glabre aux cuisses épaisses et molles somnolait, son sifflet entre les lèvres, tel un bébé démesuré tétant son biberon.

Axel, amené par un employé qui avait poussé son fauteuil jusqu'au petit bassin, emmitouflé dans un peignoir, observait celui qui l'obsédait.

Chris, dans l'eau, s'occupait d'une octogénaire rhumatisante. Dans ses bras, en douceur, il utilisait la légèreté que procure l'immersion pour lui permettre de réaliser des mouvements qu'elle n'aurait pas assurés sur la terre ferme, la fortifier, lui débloquer les articulations, lui étirer les muscles et les tendons. Cette discipline s'appelait la « kinésithérapie aquatique », une méthode récente dont Chris, s'il n'en était pas l'inventeur, s'avérait être l'un des rares praticiens.

Axel avait enregistré ce détail à l'hôtel, lorsqu'il avait requis un infirmier pour ses soins quotidiens. Dans la liste proposée par le directeur, il avait remarqué le nom de Chris sous la rubrique « Nouveau : le massage aquatique ! ».

– Oui, lui avait confirmé l'hôtelier, c'est un gars qui bosse en tant qu'éducateur à la villa Socrate, vous savez, le centre pour adolescents à problèmes. Comme s'il y avait des adolescents sans problèmes, enfin passons !

Chris, je ne peux que vous le recommander. Tout le monde en est satisfait. Je vous prends un rendez-vous ?

– Au nom de l'hôtel, s'il vous plaît, pas en mon nom.

Axel voulait profiter de cette rencontre. S'il trompettait son patronyme, il serait vite identifié ; en revanche, si Chris ne le reconnaissait pas tout de suite, la surprise promettait d'être savoureuse.

Axel l'étudiait, profitant de la concentration extrême de Chris pour le voir sans être vu. Quelle bienveillance ! Quelle gentillesse envers ce dinosaure aux chairs froissées… Une inconnue en plus… Si la patiente était sa propre mère, saurait-il se montrer plus tendre, plus prévenant ? Impossible. Penché sur le visage usé, manipulant cette carcasse tel un danseur amoureux, il fixait sa partenaire dans les yeux, lui redonnait la grâce du mouvement. Quel physique aussi… À quarante ans, hâlé, des plis purs comme des coupures à l'angle des paupières, Chris gardait la crinière rousse de sa jeunesse et n'accusait pas une once de graisse, le muscle net, saillant, le ventre tenu, les épaules larges sur une taille étroite, le torse doté d'une pilosité rare, précise, tel un maquillage qui ombrait le bas du ventre puis soulignait les pectoraux. Axel le contemplait avec autant de fascination que d'agacement car il ne pouvait s'empêcher de se comparer à lui. Ce qu'il lui enviait surtout, c'était ses jambes fuselées sous un cul rebondi ; ça, Axel n'y prétendait plus depuis son accident puisque ses cuisses et ses fesses, privées de fonction par la paralysie, avaient fondu, atrophiées.

– La faute à qui ? murmura-t-il avec rage, en malaxant de sa main droite ses pattes raides comme des barres de fer.

La splendeur athlétique de Chris renforça sa détermination : pas de pitié.

Alors que, replié sur lui, il rabâchait sa vengeance, Chris le surprit en lui effleurant le bras.

– C'est à vous, monsieur.

Axel releva le crâne, inquiet. Et si Chris le reconnaissait à l'instant ?

– Je suis Chris et je vais vous masser pendant une heure, c'est bien cela ?

Axel acquiesça.

– Comment vous appelez-vous, monsieur ?

Axel prononça le premier prénom qui lui traversa l'esprit :

– Alban.

Il se mordit les lèvres. Quelle idiotie ! Il avait dit « Alban » en proie à un souvenir commun, puisqu'il avait joué devant Chris le concerto *À la mémoire d'un ange* d'Alban Berg ! Avec cette gaffe, « Alban », si évidente, Chris allait aussitôt l'identifier !

– Alban, je vais vous aider à entrer dans l'eau. Permettez-moi de pousser le fauteuil, puis de vous porter dans les escaliers. D'accord ?

– Euh… d'accord.

Chris ne l'avait pas reconnu. Du coin de l'œil, Axel comprit pourquoi : outre que Chris ne s'attendait pas à le voir, il affichait un comportement ultra-professionnel ; soucieux de ne jamais paraître choqué ou dégoûté par une infirmité sous peine d'humilier le patient, il focalisait son attention sur des détails techniques, enlever le peignoir, retirer les supports pédestres en acier, saisir ses hanches par le bon côté.

Rassuré, Axel décida de se détendre et s'abandonna aux bras de Chris.

Une fois dans l'eau, il lui demanda s'il y avait des contre-indications, des gestes à éviter. Axel secoua négativement la tête. Chris lui ordonna alors de fermer les paupières et entreprit la thérapie, expliquant d'une voix calme chaque mouvement.

Ce chuchotis à l'oreille acheva de troubler Axel. D'ordinaire, quand deux êtres murmurent, les yeux clos, et que deux corps presque nus se touchent c'est dans la relation amoureuse. Or il se trouvait dans les bras de son pire ennemi, de l'homme qui autrefois, par son insouciante arrogance, avait failli le tuer. Absurde… trop absurde…

Pourtant ce trouble n'avait rien de douloureux. Au contraire. Aidé par Chris, allégé de son poids, Axel avait l'impression d'être aussi délesté de son infirmité. Il flottait, tournait, virait. Cette séance imprévue, bénéfique, le renvoyait à des sensations d'enfance, les premiers bains avec son père dans une piscine de Sydney, son corps gracile contre celui, immense, imposant de l'adulte, leurs expéditions dans le bleu du Pacifique à Whitehaven Beach, lui accroché à cet homme qui enchaînait les brasses, petit garçon ému à ce contact.

Comme c'était étrange d'éprouver cette confiance, chair contre chair, avec son assassin... Et si sa revanche se réduisait à ceci, se faire manipuler chaque jour jusqu'au dernier par Chris devenu son esclave... Au moins serait-ce un supplice – pour le vengeur comme sa victime – qui sortirait de l'ordinaire.

– Alban, comment vous sentez-vous ?

Axel ouvrit les yeux. Chris, qui berçait son patient entre ses bras, se tenait à vingt centimètres de son visage.

– Bien, très bien.

Chacun rencontra le regard de l'autre puis Chris indiqua les jambes d'Axel.

– Que vous est-il arrivé ?

– Un accident, il y a vingt ans.

Chris frémit. Non parce qu'il avait deviné l'identité d'Axel mais parce que cette durée, vingt ans, le renvoyait à certains souvenirs. Axel se hâta de distraire son attention :

– Comment avez-vous eu l'idée d'étudier cette pratique, la kinésithérapie aquatique ?

– Oh, je ne sais pas... Je voulais dégotter quelque chose de bien à faire dans l'eau.

– Pourquoi ? On peut faire des choses mauvaises dans l'eau ?

Chris, s'écartant pour répondre au sourire d'une nageuse qui rejoignait les douches, ne répliqua pas. Axel continua :

– Moi, c'est dans l'eau que j'ai eu mon accident.

Chris se retourna et, engourdi, le considéra, d'abord perplexe, puis soupçonneux, puis inquiet, puis horrifié. Axel soutint son regard. Il voyait que Chris réalisait ce qui se produisait ; c'était comme un rideau qui se levait sur sa mémoire, laissant la lumière entrer progressivement en lui. Il déglutit puis articula d'une voix sans timbre :

– C'est toi, Axel ?

– Oui.

Des larmes jaillirent dans ses yeux. Il lutta contre le sourire.

– Mais alors... tu es vivant ?

– Tu croyais quoi ? s'exclama Axel.

En vingt ans, l'Australien n'avait jamais évoqué cette hypothèse, pensant que Chris avait su ce qui s'était passé après la noyade.

Chris baissa la tête, comme si on venait de lui frapper l'occiput.

– Je croyais que...

– Ai-je l'air d'un mort ? J'ai plutôt l'air d'un infirme, non ? On m'a réanimé en me sortant de l'eau, j'ai traîné cinq mois dans le coma et à mon réveil je n'étais plus qu'un légume. J'ai dû tout apprendre – non, réapprendre –, à parler, écrire, compter, me déplacer. Côté esprit, je n'ai rien perdu. Par contre...

Il montra sa main droite racornie.

– Plus de violon.

Il désigna ses pieds.

– Plus de sport.

Il indiqua son caleçon de bain d'où pendaient des jambes de têtard.

– Plus de sexe. Mais ça, n'est-ce pas, j'avais à peine eu le temps d'y goûter.

Accablé par ces aveux, Chris éprouva soudain de la gêne à toucher Axel. Il le posa avec minutie et respect sur les marches du bassin.

– Oh, je suis si content que tu sois vivant, si content !

Il examina ce corps humilié, ces cheveux anémiés et frissonna : pauvre Axel, sa figure ordonnée et irréprochable d'autrefois avait disparu, laissant place à un masque dur où les traits, déviés vers la gauche, n'exprimaient plus de sentiments mais seulement, meurtris, aplatis, violentés, les conséquences d'un accident.

– Crois-tu qu'un jour tu arriveras à me pardonner ?

– Qu'est-ce que ça changerait ?

Axel avait rétorqué d'une voix hostile.

Chris réfléchit, déconcerté.

Buté, sentant la fureur bouillonner en lui, Axel insista :

– Qu'est-ce que ça changerait ? Ça me rendrait mon corps, la musique, mes années perdues, si je te pardonnais ?

— Non…

— Ah, ça changerait peut-être ton lot à toi. Oui, pour toi, sans doute, la vie serait plus légère.

— Non, moi, je suis à jamais écrasé par le poids de ma faute.

— Alors qu'est-ce que ça changerait ? Dis-moi ! Mais dis-le-moi !

Sans pouvoir se contrôler, Axel s'était mis à crier, de sa voix métallique qui se répercuta entre les voûtes humides de la piscine. Le vieillard suspendit ses moulinets et le maître-nageur poupin se pencha, prêt à quitter sa chaise pour intervenir.

Axel et Chris s'observèrent un temps. Le dernier finit par admettre :

— Tu as raison. Ça ne changerait rien.

— Ah… Donc je ne te pardonne pas. Je ne suis pas venu pour ça.

Chris le dévisagea de nouveau. Il se rendait compte que si Axel avait effectué un tel voyage c'était mû par un projet.

— Que veux-tu ?

— Rendez-vous à dix-neuf heures trente, au restaurant Le Grizzli, à côté de mon hôtel.

Rentré à la villa Socrate, Chris alla passer un moment avec Karim dans l'atelier de menuiserie, bavarda chaleureusement avec l'adolescent, puis remonta s'habiller pour le soir.

Il ne savait quoi attendre du rendez-vous. Il ignorait aussi ce qu'il pensait après la révélation de l'après-midi. Qu'Axel respire était une excellente nouvelle, mais elle ne le disculpait pas, loin de là ; en face de cet infirme excédé, à la voix rude, dont la destinée avait été brisée, il avait l'impression qu'un permanent supplice avait remplacé la mort. N'aurait-il pas mieux valu que...

Monstrueux ! Ce qu'il fantasmait était monstrueux. Il fuyait une nouvelle fois sa responsabilité. Quel lâche...

Il lui était pénible qu'Axel, trahi, ne soit pas parti aussitôt dans l'au-delà. L'unique personne qui connaissait la laideur de son crime avait survécu ; elle portait ce savoir en elle depuis vingt ans. Voilà ce qui l'accablait... Chris se méprisa.

Au restaurant, Axel patientait, le fauteuil déjà calé derrière la table.

Ils commandèrent à dîner puis se parlèrent.

Si Chris narra brièvement son retour, sa brusque lucidité, sa décision d'interrompre le cours de sa vie et de prendre une voie différente, dirigée vers les autres, Axel, lui, se raconta copieusement, avec force détails, d'abord parce qu'il ne l'avait jamais entrepris en face de quiconque, ensuite parce qu'il avait envie de s'aimer ce soir-là, et peut-être aussi envie qu'on l'aime.

À mesure que se succédaient les récits, Chris découvrait celui qu'Axel était devenu. Cela l'horrifiait... Où était l'ange qu'il avait connu, le garçon qui ne rêvait que d'art, de musique, familier du sublime ? Derrière son assiette, il n'y avait plus qu'un homme d'affaires cruel, dépourvu de scrupules, ne craignant pas l'illicite, sautant d'un commerce clandestin à un commerce immoral du moment que ça lui remplissait les poches, vendant des jouets aux peintures toxiques en ricanant lorsqu'on l'avisait de la mort d'enfants, escroquant l'État, exploitant la misère humaine, un magnat à l'existence vide, sans amour, sans amis, sans idéal. En verve, Axel ne se rendait pas compte de l'effet qu'il produisait ; au contraire, ravi de lui-même, il croyait séduire Chris. Vingt ans plus tôt, Chris aurait admiré cette ascension, l'argent, le pouvoir, mais le nouveau Chris, éducateur spécialisé pour adolescents délinquants, n'appréciait plus ce discours.

Entre ces quadragénaires attablés, un quiproquo naissait. Chacun avait fait vivre l'autre dans son imagination en lui sculptant une personnalité forte aux traits nets, définitifs. Axel était devenu un canon de perfection pour Chris, Chris un prototype de réussite pour Axel. Ils avaient bâti leur vie en prenant leur camarade pour modèle, avec l'intention plus ou moins confuse de le remplacer, de le dépasser. Or leurs constructions chimériques menaçaient de s'effondrer.

Au dessert, Axel perçut que ses vantardises alimentaient un silence hostile chez son interlocuteur. À son tour, il comprit la situation : chacun avait changé et détestait désormais ce que l'autre était devenu. Cette exécration s'avérait d'autant plus violente que Chris rappelait à Axel l'individu généreux qu'il avait été et ne serait jamais plus, tandis qu'Axel présentait à Chris le profiteur qu'il avait éradiqué en lui.

Ils se turent, longuement, puis, en soupirant, Chris s'estima obligé de demander :

– Axel, pourquoi es-tu venu ?

– Pour te proposer un marché.

– Soit.

– À partir d'aujourd'hui, tu m'obéis.

– Je...

– C'est la réparation que je revendique. À partir d'aujourd'hui, tu réalises tout ce que j'exigerais.

– Mais...

– Je ne t'y contrains pas. Tu peux refuser. Dans ce cas, j'appelle un de mes avocats, on rouvre l'enquête, j'annonce que j'ai remis la main sur toi et le procès s'engage. Tu sais comme moi qu'il n'y a pas prescription.

– Vas-y. Dénonce-moi. Je ne nierai pas. Je suis prêt à payer mes fautes, je m'y attends depuis toujours.

– Pas si vite ! Si tu paies ta dette en prison, tu la paies à la société, pas à moi. Que tu croupisses derrière les barreaux, à moi ça ne me sert à rien. Justice est faite,

certes, mais je n'en profite pas. Tu ne veux pas me
rendre service ?

– Si, Axel, je veux te rendre service. Je tiens absolu-
ment à te rendre service.

– Alors à partir d'aujourd'hui, tu m'obéis.

– D'accord.

– Jure-le.

– Je te le jure.

Axel commanda une nouvelle bouteille de cham-
pagne et remplit leurs coupes.

– À nous !

– À nous…, répliqua Chris, masquant sa stupeur.

Axel descendit le verre d'une traite et se resservit aussitôt.

– Dès demain, tu donnes ta démission. Adieu la villa
Socrate. À minuit, nous nous envolons pour Shanghai.
Tiens, voici l'adresse que tu peux laisser aux gens qui
voudraient rester en rapport avec toi.

Il lui glissa de force une carte entre les doigts, en
anglais au recto, en chinois au verso.

Cette nuit-là, Chris, en revenant dans sa chambre,
avait par réflexe allumé son appareil à musique, lequel
avait joué le concerto *À la mémoire d'un ange*. Après
quelques notes, Chris s'effondra sur le lit, désireux de
pleurer, incapable cependant. Il avait défiguré un artiste
prometteur en tyran paranoïaque, colérique, cruel, sans

scrupules. À son insu, il avait fait pire que tuer un innocent, il avait tué l'innocence. Sa victime s'était transformée en bourreau. Sous les harmonies d'Alban Berg,
Chris entendait sa propre histoire : non seulement
l'enfant était mort, mais l'ange aussi. Il ne restait plus
une parcelle de l'Axel d'autrefois, le mal l'emportait. Et
la désolation.

Quand devenons-nous celui que nous devons être ?
Dans notre jeunesse ou plus tard ? Adolescents, malgré
les données d'intelligence et de tempérament, nous
sommes en grande partie fabriqués par notre éducation,
notre milieu, nos parents ; adultes, nous nous fabriquons
par nos choix. Lui, Chris, s'il avait été ambitieux, oppor-
tuniste, combatif, ç'avait été sous la pression de sa mère,
une célibataire souhaitant que son fils unique réussisse
à sa place. Pour ne pas décevoir son affection, il devait
briller, guerroyer, triompher. Si sa mère avait été reje-
tée par le père de Chris, c'était, pensait-elle, parce qu'il
ne l'avait pas jugée assez chic pour lui ! Avec le recul,
Chris jugeait que son géniteur s'était simplement révélé
égoïste, inconséquent, un salaud ordinaire. Lui, à vingt
ans, au retour de Thaïlande, il avait eu la chance de
pouvoir endiguer la pression maternelle ; sa désinvolture
criminelle envers Axel lui avait démontré qu'il se trompait de route ; il avait donc tout recommencé, selon de
nouvelles valeurs. Or ce que Chris n'avait pas prévu,
c'est que l'inverse arrive également : qu'un homme bien
devienne une ordure. S'il y a des rédemptions, il y a aussi

des damnations. Et elles sont toujours volontaires. Quand un accident introduit une cassure dans leur existence, les hommes réagissent diversement, Axel s'était enfermé dans le dégoût cynique de l'humanité, Chris ouvert à l'amour des autres.

Si Chris avait l'impression d'être lui-même aujourd'hui, Axel éprouvait-il un sentiment identique ? Quelle était la part de liberté ? Celle du destin ? Ces vertiges l'empêchèrent de trouver le sommeil.

De son côté, Axel ne dormait pas davantage. Sur son ordinateur, par Internet, il vérifiait le fonctionnement de ses entreprises. Lisant au hasard de ses recherches qu'on vendait des millions d'antidépresseurs dans le monde, il lui vint une idée : créer l'élixir de sainte Rita, censé combattre la déprime. Il l'appellerait « l'eau miraculeuse de Rita ». Entre ses diverses activités – jouets, vêtements, gadgets, pornographie –, il s'amusait beaucoup de son commerce religieux. « Depuis que les gens ne croient plus en Dieu, ils sont disposés à croire n'importe quoi ! Astrologie, numérologie, pratiques New Age, renaissance des saints. Profitons-en. » La déchristianisation de l'Europe n'avait pas favorisé le rationalisme mais augmenté et diversifié la superstition ; autrefois, le christianisme offrait des cadres à la croyance, maintenant qu'il n'y en avait plus, Axel pouvait exploiter de juteux créneaux de crédulité. Pourquoi sainte Rita plutôt qu'une autre ? À cause d'une gravure épinglée au mur de sa chambre à Sydney pendant sa convalescence, tandis qu'il rapprenait à parler et à écrire ; cette image de bonté, au lieu de l'apprécier, il s'était mis à la détester, comme il exécrait toutes les formes rituelles que prenait le bien, comme il haïssait la gentillesse. Un jour, en crachant sur la sainte, il avait décidé de se mettre du côté des vainqueurs et d'y rester.

Le lendemain, Chris apporta sa démission à Montignault, lequel, la surprise passée, sincère, lui annonça qu'il le regretterait beaucoup. Il s'occupa de Karim, lui confia son adresse chinoise puis participa à une fête improvisée par ses collègues pour ses adieux.

– Quand t'en vas-tu ?

– Cette nuit. Pour Shanghai.

Parce qu'ils voulaient en savoir plus, il avoua qu'il allait veiller sur son ami d'enfance, installé là-bas, lequel, en proie à de graves problèmes de santé, désirait son assistance. À ce récit, ses proches reconnurent Chris, leur Chris, champion de l'altruisme, et l'embrassèrent.

À dix-neuf heures, avec ses valises, il rejoignit Axel qui régla son séjour puis le fit monter dans une voiture.

La limousine contourna le lac et s'arrêta dans un hôtel somptueux.

– Nous ne partons pas pour Shanghai depuis Genève ? s'étonna Chris.

– Après-demain.

Ils séjournèrent deux nuits dans ce palace, Chris ne sut jamais pourquoi. Pendant cette escale, Axel lui ordonna d'accomplir des tâches insignifiantes, l'aider à se lever, à se laver, à ranger ses affaires. Chris obéit ainsi qu'il l'avait promis. Aucun acte ne lui coûtait, surtout pas d'emmener toutes les trois heures Axel dans la piscine intérieure pour lui prodiguer des soins, quoiqu'il s'effrayât toujours de la consistance de ce corps, son osseuse légèreté, sa mécanique disloquée. Il se demanda si les années à venir allaient ressembler à ça…

De temps en temps, il surprenait des conversations téléphoniques et constatait qu'Axel se comportait perpétuellement en bandit, cassant, tyrannique, insultant, méprisant, injuste.

– Axel, qu'as-tu fait de bon – je veux dire de gentil – depuis quelques années ?

– Rien. Le diable m'en garde, ricana Axel.

– Je t'y forcerai.

À ses heures perdues, Chris contemplait le paysage alpin qu'il allait quitter. C'était indéfinissable, un lac de montagne… Soit on avait l'impression que l'eau comblait un trou démesuré, tel un couvercle sur l'abîme, soit on voyait les reliefs comme des berges harmonieuses, qui constituaient un berceau autour des flots. Bref, le lieu où il avait vécu ces dix ans lui semblait, d'une seconde à l'autre, terrifiant ou délicieux.

Au crépuscule de leur ultime nuit en France, un taxi vint enlever leurs bagages pour les livrer à l'aéroport le lendemain. Puis un Chinois de Genève déboula au volant d'une voiture noire. Chris ne comprit pas un mot de ses échanges avec Axel, car ils parlaient en mandarin ; il remarqua juste que l'Asiatique, terrorisé, grattait sur une feuille ce que lui exposait Axel.

Ils n'attendirent pas l'aube.

À cinq heures, Axel somma Chris de le doucher, de l'habiller, de le mettre sur sa chaise et de conduire la voiture.

Dans la grisaille d'un jour qui ne se décidait pas à se lever, ils quittèrent l'hôtel, descendirent vers le lac et prirent la route qui le longeait, avec prudence tant le brouillard collait aux berges.

– Stop, on se gare ici, ordonna Axel.

Raide, planté au bord de la voie, le Chinois de la veille leur adressait des signes.

Ils abandonnèrent le véhicule. Flottait dans l'air stagnant une odeur de moisi et de branches mortes.

Le Chinois s'inclina et indiqua, au bout d'un ponton de planches cendrées, une barque basse en bois.

Au commandement d'Axel, Chris l'aida, avec la plus grande délicatesse, à glisser de son fauteuil dans le canot ; sitôt assis sur le banc arrière, l'infirme le repoussa, exaspéré.

Puis ils avancèrent, le moteur allumé à petite vitesse pour demeurer silencieux. La silhouette du Chinois au bord de l'eau devint mince, filandreuse, et s'estompa dans les vapeurs de l'aube.

– Où allons-nous ?

– Tu verras.

Chris s'interrogeait : que contenaient les sacs posés entre eux au fond du bateau ?

Plus l'esquif progressait, plus il s'enfonçait dans la purée de pois. Au milieu du lac, là où la brume avait effacé rives et montagnes, dans un univers glacial, Axel stoppa le moteur.

– Le voyage s'arrête ici.

– Ici ?

– Ici, au milieu du lagon.

À ce mot, Chris saisit aussitôt ce que son compagnon avait en tête : le lac opaque des Alpes succédait à la crique bleue sous le soleil de Thaïlande, Axel voulait que Chris connaisse à son tour la noyade. Par réflexe, il se leva, prêt à plonger pour s'échapper.

– Ne bouge pas !

Un revolver était pointé sur lui. Axel l'avait extrait de sa poche.

– Je ne plaisante pas, insista-t-il. Reprends ta place. Si tu ne fais pas ce que je veux, je tire.

Chris se rassit. Il voulut parlementer, ouvrit la bouche…

– Tais-toi ! C'est moi qu'on écoute aujourd'hui.

Quoique péremptoire, Axel tremblait. Était-ce de froid, d'émotion, de peur, de colère ? Sur son visage sans muscles, rendu inexpressif par les séquelles du coma, on ne percevait aucune nuance. Seule sa bouche crispée révélait une tension.

– Un jour, tu m'as préféré une médaille portant le numéro un. Certes, tu ne savais peut-être pas que j'allais en mourir mais entre gagner et me secourir, tu n'as pas hésité. Cette fois-ci, tu ne gagneras pas. Ouvre les sacs.

L'acier de l'arme luisait, lançait des reflets pareils à des éclairs.

Lentement, Chris se pencha vers les besaces, très lourdes, et les ramena vers lui en les traînant sur le plancher. Quand il les ouvrit, il découvrit des briques de plomb liées entre elles, terminées par des sangles.

– Accroche les sangles sur toi.

Chris voulut protester. Pour toute réponse, Axel approcha le canon du revolver de son front.

Chris commença à s'exécuter de mauvaise grâce.

– Et solidement ! Plus compliqués, les nœuds ! Rien que tu puisses défaire.

Axel serra son doigt sur la gâchette.

Au-dessus d'eux, un corbeau jeta son cri aigre, désolé.

Soudain, Chris cessa de lambiner et se mit au travail. Il s'appliquait, énergique, résolu. Axel le remarqua légèrement surpris, mais ne commenta pas.

– Voilà, s'exclama Chris, je suis lesté. Quelle est la suite ?

– Oh, comme tu es pressé…

– Inutile de tarder puisque je connais la fin. Je saute à l'eau ou tu m'abats ici ?

– Du calme. On dirait que ça te plaît.

– Ça me paraît nécessaire.

– Du calme, je te répète. On va à mon rythme. C'est moi qui ai organisé tout ça. Pas toi.

– Si. Moi aussi. Un peu. Je suis responsable de ce que tu es devenu.

– Milliardaire ? demanda Axel en pouffant.

– Non, assassin. Te souviens-tu comment nous avait surnommés Paul Brown, l'Américain qui organisait les stages musicaux ? Les frères ennemis, Caïn et Abel. J'étais le mauvais, Caïn, et toi le bon, Abel. J'étais celui qui devait tuer son frère. Ce que j'ai fait.

Axel le fixa, plein de haine.

– Ah, quand même, tu te sens coupable ?

– Très. À présent, regarde : c'est toi Caïn et moi Abel. Stupide, non ? En vingt ans, nous avons échangé nos rôles. Tu n'es plus qu'une bombe de souffrance, d'exaspération et de haine. De toi qui étais une merveille, j'ai fait un monstre. Comment n'aurais-je pas honte ?

Axel pointa l'arme sur lui, prêt à décharger.

– Tais-toi.

Chris continua avec véhémence :

– Je t'ai gâché, Axel. Non seulement j'ai gâché ta vie, mais je t'ai gâché toi. Tu es devenu l'opposé de ce que tu étais. J'ai connu un ange, j'ai fabriqué un démon.

– Tais-toi. Je suis responsable de ce que je suis devenu.

Je l'ai voulu, « Plus jamais ça », c'est ce que je me suis dit en sortant du coma, « Plus jamais ça, je ne serai plus jamais victime. »

– Étrange. « Plus jamais ça », je me le suis aussi promis en arrivant à Paris : « Plus jamais ça, je ne serai plus jamais un assassin. »

Ils songèrent un instant au sort ironique qui, à partir d'un événement, avait recyclé un salaud en altruiste, un saint en canaille.

Un brouillard mouvant, profond et léger, une poix blanche, s'installait autour d'eux, sans bruit, les ensevelissait sous son épais et sourd manteau.

Axel reprit, pensif :

– Lorsque je t'ai rencontré cette semaine au café, tu évoquais devant un de tes adolescents désespérés la « rédemption ». Je n'avais pas entendu ce mot depuis des années, ni réfléchi à ce qu'il signifiait. Tu vibrais de tant de conviction que, je l'ai deviné, tu parlais de toi. Après m'avoir laissé comme un vieil hameçon au fond de l'eau, tu avais donc engagé ta rédemption. Alors j'ai compris que moi, j'avais accompli le parcours inverse ; je descendais quand tu montais. Quel est le contraire de la rédemption ? La décadence ? La damnation ? Oui, la damnation sans doute… Quand je prononce ce mot, j'ai mal, je me sens victime une deuxième fois.

– C'est faux. Si tu seras toujours victime des autres, tu peux éviter d'être victime de toi-même. C'est en ton pouvoir. Ça ne dépend que de toi.

– Je n'ai plus la force, Chris. Une fois dans le cynisme, tu n'en ressors plus, tu n'as plus d'idéal, tu te fous de tout sauf de la douleur. Or, depuis que je t'ai retrouvé ici, la douleur ne me lâche plus, elle progresse. Parce que la situation a changé... Naguère je te haïssais. Maintenant, je me hais. Je me vois avec tes yeux, je me souviens de ce que j'étais, je compare. Que me reste-t-il, Chris, que me reste-t-il ?

S'il lui avait retiré ses lunettes noires, Chris aurait vu qu'Axel avait les yeux noyés de larmes.

Il se leva.

– Je peux quelque chose pour toi.

– Personne ne peut rien pour moi.

– Si. Moi. Je peux t'aider à redevenir un homme bien.

– Impossible. D'abord je ne veux pas.

– Je t'y forcerai.

Et Chris ramassa les briques de plomb dans ses mains, regarda le brouillard sur sa droite et sauta.

Tout cela fut accompli si vite qu'Axel ne réalisa ce qui se passait qu'à l'impact du corps dans l'eau.

La tête de Chris demeura une seconde, pas davantage, hors des flots, le temps que ses muscles tentent de résister, que ses yeux fixent Axel. Ensuite, les poids l'emportèrent vers le fond.

Il n'y eut pas de bulles. Chris avait dû par réflexe bloquer sa respiration.

Axel observait les ondes concentriques qui s'apaisaient, le lac qui redevenait plat.

Il songea qu'il devait être satisfait. C'était sa volonté qui le lui soufflait car, de lui-même, il n'éprouvait rien. Soudain, des bulles d'air vinrent éclater à la surface ; surgissant du fond, leur son avait une résonance humaine, tel un bruit de bouche, comme si elles exprimaient leur joie d'avoir rejoint leur élément, d'avoir échappé à l'environnement hostile.

Cette sensation fut insupportable à Axel. Il venait de comprendre que son compagnon agonisait.

– Chris ! hurla-t-il.

Son cri vibrant s'envola dans le silence indifférent où dormaient les montagnes. Il s'éteignit. Rien ne répondit.

Alors Axel, pour sauver Chris, se jeta à l'eau.

*

Pendant des années, le vieux Queraz, pêcheur occasionnel, un Savoyard au visage rissolé par une vie au grand air, raconta aux badauds, aux touristes qui acceptaient de l'écouter, une histoire qui le turlupinait.

Un matin, tandis qu'il taquinait le poisson sur le promontoire près de la route qui descend du chalet Combaz, une avancée rocheuse utile les jours où on ne sort pas le bateau, il avait assisté à une scène abracadabrante. Comme souvent en novembre, un brouillard mouvant exécutait sa danse molle sur le lac, voilant et dévoilant les flots. Un instant, le vieux Queraz aperçut une barque au loin, qui avait coupé son moteur, sur laquelle deux hommes discutaient, paisibles. Puis le brouillard lui avait masqué la scène. Il revit la barque quand un des deux hommes sautait avec des paquets. Un plongeur ? L'autre brailla, assez angoissé, puis glissa à son tour dans le lac. Un nuage cacha de nouveau le spectacle. Deux minutes après, quand la visibilité revint, Queraz entrevit deux têtes à la surface, oui, il lui sembla que le deuxième homme avait repêché le premier, mais qu'ils s'étaient écartés du bateau. Un coup de vent gâcha encore le spectacle. Bouillasse pendant dix minutes au moins. Enfin, quand l'air regagna sa limpidité, il n'y avait plus qu'une barque solitaire au milieu des eaux. Où étaient les hommes ? Au fond ou sur la berge ? Noyés ou sauvés ? Il crut avoir rêvé.

Après une semaine de réflexion et d'hésitation, le vieux Queraz avait bu pour se donner du courage et était allé raconter l'anecdote aux gendarmes.

– Si on signale la disparition de deux personnes, lui avait répondu en rigolant le brigadier, on viendra te demander de raconter ton roman. D'ici-là, va cuver.

À cause de son haleine, les fonctionnaires n'avaient pas écouté l'illettré.

Cela avait tellement vexé le père Queraz que depuis, il s'était mis à fumer des gauloises brunes sans filtre et n'avait cessé de biberonner du génépi, la liqueur des Alpes.

Le cerveau gâté par l'alcool, il allait oublier sa vision quand un événement la lui rappela.

Dix ans plus tard en effet, lorsqu'on entreprit de vider le lac pour l'assainir, on trouva des cadavres. Sur un lit de vase gisaient, tête-bêche, deux corps enlacés : tels des jumeaux lovés dans le ventre de leur mère.

On ne sut jamais qui ils étaient. En revanche, parce que la ressemblance de leurs squelettes avait frappé les ouvriers qui les découvrirent, on appela le promontoire pierreux en face duquel ils étaient venus mourir, celui d'où le père Queraz avait assisté à leur ultime tentative de salut, le rocher de Caïn et Abel.

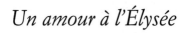

Un amour à l'Élysée

Elle venait de rentrer chez elle pour fuir les rues mais voilà que, sitôt entre ses murs, elle avait de nouveau envie de partir. Chaque jour, elle souffrait davantage de ce malaise : elle ne se sentait bien nulle part.

Des yeux, elle chercha alentour un détail – meuble, tableau, objet – qui aurait pu la rassurer, lui rendre confiance, la raccorder à son passé. En vain. L'appartement, aménagé dans les combles du palais, témoignait d'un bon goût décourageant : tout, depuis la moindre moulure jusqu'au tissu des sièges, avait été conçu par l'un des meilleurs architectes contemporains ; si l'on déplaçait un fauteuil ou si l'on jetait un pull coloré sur cette combinaison de beige et de bois citronné, cela brisait l'harmonie ; chaque trace d'une vie autre, personnelle, indifférente aux obsessions de l'artiste, devenait un juron, une obscénité criarde. Dans ce décor censé être le sien, elle se trouvait constamment étrangère.

Renonçant à allumer les lampes, elle s'assit sur son canapé comme si elle était en visite.

Il faisait un jour terne où ne brillaient que les surfaces luisantes de boîtes en argent. Au-dehors, la neige tombait avec mollesse. Du côté des rues, on entendait les voitures se hâter dans un grondement sourd, ouaté.

Catherine songea que sa vie ressemblait à un dimanche après-midi, long, morose, plein d'espoirs indéfinissables, de vagues regrets, où l'amertume dominante empêchait de savourer le peu qu'il y avait à déguster.

Par désœuvrement, elle saisit le magazine que sa secrétaire particulière avait laissé à son intention. Un portrait d'elle et de son mari constituait la couverture, accompagné de la légende : « Un amour exemplaire ».

Elle se pencha sur le journal, sourit. Son visage était élégant, fragile, diaphane comme une porcelaine en biscuit.

– Un amour exemplaire… Quelle imagination !

Du bout de ses doigts aux ongles rouge, couleur gelée de groseille, une teinte exaspérée et nette de carrosserie automobile, Catherine parcourut l'hebdomadaire le plus populaire de France, cette feuille à cancans que personne n'achète mais que, par miracle, tout le monde a lue, où des photos de leur couple s'épanouissaient sur plusieurs pages. Une légende qui reprenait le titre du reportage « Un amour exemplaire » commentait chaque pose. Elle et Henri souriaient à l'objectif, se tenant par la main, épaule contre épaule, affables, propres, soignés, posés ou plutôt rangés dans les irréprochables appartements présidentiels.

– Sommes-nous beaux ? se demanda Catherine.

Elle peinait à répondre ; d'un œil devenu professionnel après vingt-cinq ans d'expérience politique, elle savait les photos superbes, mais eux ? Certes, le maquillage avait estompé leurs défauts, les retouches souligné leurs qualités, chacun arborant les vêtements qui le mettaient en valeur. Oui, ils avaient triomphé des outrages du temps, apparaissaient sous leur meilleur jour, correspondaient à leurs icônes ; cependant, étaient-ils beaux ?

– Ce couple me plairait-il si je le découvrais ?

Difficile de répondre. Lorsqu'elle parvenait à cesser de penser qu'il s'agissait d'eux, elle continuait à voir un couple de puissants, un couple vivant au-dessus des autres. Ce qui, bizarrement, ne lui était pas sympathique. En elle survivait, malgré l'ascension sociale, l'élève des Beaux-Arts qui avait choisi l'anticonformisme et des études sans débouchés, la jeune fille sauvage qui préférait manger des pâtes pendant des mois que de subir le joug de ses parents, la femme libre qui avait rencontré Henri dans un bar près d'Assas sans croire que leur histoire durerait. Vingt-cinq ans plus tard, l'étudiante bohème se trouvait menottée à la gloire, figée en personnage officiel, Mme Morel, première dame de France, épouse du président de la République, épinglée dans le cadre doré du palais élyséen.

– En tout cas, ce qui est certain, c'est que cette bonne femme, là, sur les photos, je ne la fréquenterais pas.

Elle se condamna sans appel : tailleur coupé sur mesure dans un tissu riche d'aspect simple, chaussures hautes quoique pas trop sexy, la coiffure aussi solide qu'un casque, le maintien pudique, elle s'était embourgeoisée. Cette métamorphose s'était accomplie lentement, contre son gré. Au départ, Catherine ne songeait pas trop aux vêtements qu'elle portait, empilant sur elle des robes, des chemises, de longues jupes et des gilets indiens, colorés, bon marché, qu'elle avait l'habitude de chiner dans le quartier populaire où elle louait une mansarde, près de la gare du Nord ; au plus, pour justifier ses choix, aurait-elle affirmé qu'elle aimait la sécheresse du coton, qu'elle appréciait de sentir ces couches légères sur son corps mince. Puis, au bras de son époux, à mesure que ce dernier gravissait les marches du pouvoir, sa négligence avait attiré les regards : alors qu'elle ne prêtait pas attention à ses habits, son style décontracté focalisa les commentaires, provoqua des discussions. L'indifférence à la mode passa pour une attitude volontariste chez elle, une tactique de communication chez son époux ; quand on évoquait Mme Morel, on commençait ou on finissait par ses vêtements, parfois pour l'en louer, le plus souvent pour s'en moquer. Afin que ces quolibets disparaissent, elle avait fini par céder au conservatisme, vidant ses placards des fripes hippies puis les remplissant de tenues conçues pour les femmes de son âge ayant des responsabilités. Question de dignité...

– Dignité ! Tu t'entends, ma pauvre Catherine, tu t'exprimes comme une rombière convaincue de s'habiller « dignement ». Les crétins ont gagné la bataille : ils m'ont contaminé le cerveau.

Elle se pencha sur sa photo dans le hall froid de l'Élysée tandis qu'elle accueillait le chancelier allemand : elle détestait la femme qu'elle apercevait. Certes, elle était parfaite, avenante, élégante, mais elle s'en voulait de sourire, de jouer si bien la comédie, de ne pas laisser sourdre son malaise. On lui avait collé un rôle dont elle ne voulait pas, femme d'homme politique ; d'abord femme de député, puis de député-maire, puis de ministre, elle avait perdu à chaque fois un peu de liberté ; après des élections désastreuses, elle était devenue femme du chef de l'opposition et là, ça avait été plutôt drôle, la meilleure période ; enfin, par malheur, depuis quelques années, voilà qu'elle était bombardée femme de président.

– Personne ne me croirait si j'avouais que j'ai raté ma vie.

Elle tourna les pages du reportage sur « Un amour exemplaire » et ricana en détaillant la photo qui les montrait, au salon doré, en train de s'extasier sur un livre d'art ; le journaliste écrivait : « Mme Morel tente de partager avec son pragmatique mari sa passion pour la peinture contemporaine. » Oui, le plumitif avait raison, elle avait essayé, trente secondes, voire une minute, le temps d'une photo, pas plus ; et encore, elle avait raconté n'importe quoi en désignant les reproductions : pourquoi énoncer quelque chose de sensé, Henri n'écoutait pas, c'était juste une scène, un tableau muet dans une crèche.

– Et lui, Henri ? Si je le croisais pour la première fois aujourd'hui, qu'éprouverais-je ?

Cette réflexion l'intéressa davantage que les précédentes. Elle examina son mari sur le papier glacé.

– Joue le jeu, Catherine, efface tes souvenirs, suppose que tu ne le connaisses pas.

Elle frissonna : il lui faisait de l'effet.

Oui, il lui faisait de l'effet avec ces lèvres de voyou, ce sourcil ironique, ces dents parfaites, ces cheveux noirs brillant comme des plumes de corbeau, ce cou puissant qui sortait d'un habit bleu au col irréprochable. Comment était-ce possible ? Après vingt-cinq ans de mariage, elle trembla en observant ces mains fermes, conçues pour saisir une taille ; elle s'émut de ce nez busqué, décidé, qui exprimait l'énergie ; elle fut bouleversée par la flamme sombre qui brillait dans ses yeux. Ainsi, elle pourrait tomber amoureuse de cet homme si elle le rencontrait aujourd'hui ?...

Catherine releva la tête et s'absorba, le cœur en tumulte, dans la contemplation du parc enneigé. Des mouettes criaient, acerbes, furieuses, sur les bassins gelés de l'Élysée.

Cette révélation la déconcertait : était-ce une bonne ou une mauvaise nouvelle ?

Mauvaise ! C'était si pratique de penser que tout était mort depuis qu'ils étaient prisonniers de leurs rôles. Pourquoi réveiller une statue ? Je ne sais pas si, au musée Grévin, les figures de cire aimeraient qu'on leur redonne la vie, si Jeanne d'Arc apprécierait de rôtir de nouveau, Louis XVI de repasser à la guillotine, ou si Juliette se réjouirait d'une nouvelle aventure fatale avec ce crétin de Roméo. Non, il ne faut pas raviver les vieilles poupées, il faut les laisser s'empoussiérer, se ternir, se couvrir d'oubli et quitter discrètement le souvenir des vivants. C'est ainsi que Catherine Morel entendait vivre depuis des années. Donc ce n'était pas une bonne nouvelle qu'elle désirât l'homme de cinquante ans qu'était devenu M. Morel, et pas seulement Henri, le jeune homme aux cheveux fous d'autrefois qui avait été embaumé vivant dans le costume d'un président. Pas une bonne nouvelle du tout.

Pourtant... Si cela pouvait être vrai... S'ils enlevaient le glacis de l'habitude... S'ils brûlaient de nouveau... S'ils habitaient mieux leur personnage...

D'instinct, elle se dirigea vers la pièce d'Henri, cet endroit où, telle la femme de Barbe Bleue, elle n'avait pas le droit de pénétrer. En vérité, elle s'y rendait souvent car cette salle de bains demeurait, pendant les heures de la journée, un lieu mystérieux, sans lui quoique plein de lui, sentant la serviette à la lavande, la pâte dentifrice, l'eau froide sur le marbre, la mousse à l'aloès ; mystérieux car il y flottait le fantôme de son homme ; mystérieux car il n'acceptait jamais qu'elle y entrât avec lui ; mystérieux car ce corridor amenait aux plaisirs, précédait la nuit qui réunit les corps dans les draps. Le vestibule de l'amour...

Elle soupira. Malheureusement cet antre n'annonçait plus aucun plaisir depuis longtemps... Quoiqu'ils couchassent dans le même lit, Henri et elle ne se touchaient plus. L'usure encore...

Elle revint au salon, saisit le journal, inspecta son époux sur les photos.

– Cet homme me séduit parce que je ne le connais pas. Par exemple, je présume qu'il sera aussi droit que son attitude, franc comme son sourire. Or je sais... c'est trop tard... je sais qui il est, ce dont il est capable... je sais que...

À cet instant le président Morel apparut, vêtu de bleu, congestionné, suant, sourire crispé aux lèvres.

– Ah, tu es là ? dit-il, surpris, un peu brusque. Je te croyais en courses...

– Désolée. Dans les boutiques, rien ne me tentait, je suis vite rentrée.

Il s'approcha, intrigué.

– Ça va ?

S'inquiétait-il pour de bon ou feignait-il ?

– Ça va. Je lisais ce reportage sur nous.

– Excellent, non ? Rigaud en était très content.

– Eh bien, si Rigaud est content...

Elle eût souhaité ajouter « Si le conseiller en communication du Président est satisfait, la potiche du Président doit se taire », mais elle se retint de formuler sa pensée.

– Tout le monde t'a trouvée magnifique, déclara-t-il en allant vers sa salle de bains.

– Qui est « tout le monde » ? As-tu commandé un sondage ? Organisé un référendum ?

– Tout le monde, cela veut dire les hommes de mon cabinet.

– Et les femmes ?

– Pareil.

Derrière la porte entrebâillée, il ouvrait des placards, brassait de l'eau, manipulait des fioles.

Durant une seconde, elle eut envie de faire un esclandre, se doutant qu'il allait rejoindre une maîtresse ; de l'adultère, elle se moquait, elle s'en moquait complètement car il la trompait depuis des années, mais elle jugea injuste, grossier, scandaleux qu'il se comportât ainsi : la couvrir d'épaisses flatteries tandis qu'il se préparait pour une autre. Elle faillit lancer : « Répéteras-tu à ta grue les compliments que tu m'as adressés en te pomponnant à son intention ? Si elle n'est pas une traînée complète, elle se vexera. Comme moi. » Or elle se contenta d'ajouter en soupirant :

– Des corvées ?

– Une rencontre à l'université de Jussieu.

Il prenait prétexte de ses sorties officielles, elle le savait, pour visiter ses maîtresses juste avant ; il s'était organisé ; seuls son chauffeur et ses gardes du corps, dans la confidence, l'aideraient à accomplir son petit forfait ; la voiture stationnerait au bas de l'immeuble pendant qu'il expédierait sa besogne ; avec sa Pompadour, il aurait juste le temps de jouir, pas de la faire jouir. Au fond, elle n'avait rien à leur envier, aux carpettes de l'homme pressé...

Elle sourit et mit un de ses disques préférés.

Henri sortit de la salle de bains, une chemise fraîche sur lui, finissant de nouer une cravate.

– Au revoir donc, Catherine, à ce soir.

– Impossible. Je serai au théâtre. La dernière pièce de Schmitt.

– Ah bon, c'est important ?

– Pour les gens qui aiment le théâtre, oui ; pour les autres, ça n'existe même pas. Sois tranquille : je m'y rends en notre nom. Je me sacrifie comme toujours.

– Tu râles, mais tu adores le théâtre.

D'un air dégagé, il s'avança, tendant les lèvres, tel l'affairé qui prend le soin d'être tendre.

À cette seconde-là, elle sentit son odeur. Aussitôt son corps se raidit. D'où venait ce parfum ? Qui le lui avait offert ? Qui avait choisi cette fragrance inconnue ? Plus de doutes : il avait une nouvelle maîtresse, une régulière. Une prostituée ne donne pas de parfum, seule une sentimentale bénévole a cette audace. Alors que Catherine cachait d'ordinaire ses pensées, elle s'entendit poser la question :

– Qui t'a offert ce parfum ?

– Mais... mais... toi.

– Ce n'est pas moi.

– Ah... je croyais...

– Non.

– Tiens... je ne sais pas... Je n'y ai pas prêté attention... Je reçois tant de cadeaux... Peut-être Rigaud ?

– Tu mets des parfums choisis par des hommes maintenant ?

– Pourquoi pas ? Tu ne vas pas me faire une scène de jalousie pour un parfum ?

– Non, je ne suis pas sotte : j'ai de meilleures raisons qu'un parfum pour t'infliger une scène ; à ce niveau-là, j'ai l'embarras du choix.

Il la regarda, en alerte, prompt à batailler, bête politique capable de persuader un chauve de se laisser pousser les cheveux.

Elle le devança en reprenant doucement :

– Je ne ferai pas de scandale. Je n'éprouve aucune jalousie.

– Ah... bien.

– Pas une once. Calme comme un étang. Étrange même... Peut-être le bon sens populaire a-t-il raison d'affirmer que la jalousie est une preuve d'amour ?

Il frémit, blessé cette fois. Pauvre Président, s'amusa-t-elle, si habitué à la flatterie, qu'à force de protection excessive, il devient vulnérable : le voilà vexé par une furtive remarque comme s'il essuyait un échec électoral.

– Je ne suis pas sûr de comprendre, souffla-t-il.

Il insistait car, en temps normal, il n'avait rien à craindre d'une discussion comme celle-ci, Catherine s'étant accoutumée à garder ses récriminations pour elle. Elle se rappela ce trait de caractère et, à cet instant, estima qu'il avait vraiment trop de chance : elle décida donc d'agir au rebours de ses habitudes.

– Tu as compris, Henri. Je ne t'aime plus. Mais alors plus du tout.

Le Président eut soudain l'air d'un petit garçon surpris, puni, peiné, déçu, un gamin qui tentait de résister à sa douleur, qui s'efforçait de se comporter en homme. Pour l'achever, elle ajouta :

– Et ce n'est pas nouveau !

– Catherine, tu plaisantes ?

– Ça t'amuse ?

– Non.

– Ce n'est donc pas une plaisanterie.

Il balbutia, étouffé par la rage. Effrayé comme un lapin captif des phares d'une voiture, débordé par son inquiétude, il eut un recul net suivi d'un froncement du nez, puis d'un tremblement du corps. Ne parvenant qu'à émettre des borborygmes, il allait prononcer une phrase, au moment où Catherine l'interrompit :

– Je te rassure, Henri, tu ne souffres pas. C'est juste ton amour-propre qui saigne. Or, l'amour-propre c'est beaucoup chez toi. Combien ? Disons quatre-vingts, quatre-vingt-cinq pour cent de ta personnalité ? Heureusement, dans quelques minutes, ta maîtresse – tu sais, le nez, la parfumeuse – te consolera.

Il blêmit, incapable de déterminer ce qui le choquait le plus, les paroles de Catherine ou son ton, distant, amusé, presque indifférent.

– Et ça fait longtemps ?

– Longtemps que quoi, Henri ?

– Que... que tu... que tu ne... Ce que tu viens de dire...

– Ah, que je ne t'aime plus ?

Elle réfléchit.

– Très longtemps. Je pourrais te dire que c'est depuis que tu n'as plus une heure à me consacrer mais c'est faux, ça date d'avant. Je pourrais te dire que c'est depuis que tu utilises notre couple pour convaincre les Français que tu es un homme comme eux mais c'est faux, ça date d'avant. Je pourrais te dire que c'est depuis que tu m'embrasses en public, plus jamais en privé, mais c'est faux, ça date d'avant. Je pourrais te dire que c'est depuis que tu as des maîtresses, mais c'est faux, ça date d'avant. Je pourrais te dire que c'est depuis que tu as eu l'indécence d'utiliser la surdité de notre fille pour apitoyer l'opinion publique, mais c'est faux, ça date d'avant. La vérité, c'est que ça date de l'attentat. L'attentat de la rue Fourmillon.

Il chancela, les lèvres tremblantes de fureur. Sa voix résonna sous les lambris centenaires, froide, coupante :

– Qu'est-ce que tu veux dire ?

– Tu m'as comprise. Je sais.

– Tu sais quoi ?

Tous les Français se rappelaient l'attentat de la rue Fourmillon. Selon les experts politiques, si Henri avait obtenu cette année-là les voix qui lui avaient manqué auparavant, c'était parce qu'il avait été victime d'une agression odieuse. Lors d'un déplacement, deux hommes cagoulés avaient tiré sur sa voiture. Blessé, Henri avait tenté de les poursuivre avant d'y renoncer pour s'occuper de son chauffeur en sang. L'opinion avait applaudi son courage ; dès le lendemain, il était devenu un héros politique ; en quarante-huit heures, ses détracteurs furent traités d'extrémistes, d'intégristes, d'hommes dangereux, capables de commanditer un meurtre. L'affaire ayant discrédité ses opposants, il avait emporté l'élection présidentielle haut la main.

– Je sais, mon cher Henri, je sais ce que certains ont soupçonné sans oser l'écrire. Je sais ce que tu nieras jusqu'à la fin de tes jours avec fermeté et indignation. Je sais ce que tu as fait : tu as conçu, organisé et payé cet attentat. C'était une pure opération de communication. Bien vue, d'ailleurs, car grâce à ce calcul, tu es devenu président. Dommage qu'à cause de ton ambition, ton ancien employé soit désormais cloué dans un fauteuil, tétraplégique. Je te méprise depuis ce jour.

Un silence mit encore plus de distance entre eux deux. Une haine froide envahissait la pièce.

– Je pense que tu deviens folle, prononça-t-il lentement.

Elle saisit le magazine, le lui tendit.

– Maintenant regarde ! Depuis que tu sais ce que je sais, regarde ! Regarde avec quelle grande comédienne tu vis... Je connais tes bassesses mais je souris. Je m'ennuie mais je souris. Je suis malheureuse mais je souris. Je te déteste mais je te souris. Admirable, non ? Je n'ai l'air ni d'une victime ni d'un bourreau. Excellent jeu, tu n'applaudis pas ? Tu devrais puisque tu es le seul à pouvoir mesurer la performance. « Un amour exemplaire », ton Rigaud a raison d'être content de cet article : tu échappes au pire !

– C'est la guerre ? demanda-t-il.

– Pas du tout, c'est notre vie.

Henri chercha quelque chose à répliquer, ne trouva rien, se dirigea vers la sortie, raide, empesé, furieux.

À la porte, il se retourna et lui jeta :

– Pourquoi me déballes-tu ça aujourd'hui ? Pourquoi cet accès de sincérité ? Maintenant ?

Elle ouvrit des yeux comme des cadrans d'horloge.

– Alors là, je l'ignore. Vraiment.

– Ah oui ? grogna-t-il, sceptique.

– Je te le jure, Henri. En plus, ça me soulage tellement que je me demande pourquoi j'ai attendu si longtemps.

Il haussa les épaules, passa le seuil, claqua le battant, descendit les escaliers avec bruit.

S'il n'avait pas été emporté par sa colère, il aurait pu s'approcher du visage de Catherine et s'apercevoir que, depuis quelques minutes, elle pleurait.

Les mois suivants virent croître les tensions entre eux.

Extérieurement, rien n'avait changé : le couple présidentiel continuait à assumer ses charges – réceptions, visites, voyages –, dont celle de singer leur amour ; aucun mot terrible ne fut plus prononcé, ni en public ni dans l'intimité.

Or ce silence ne les apaisait pas ; au contraire, il amplifiait démesurément les phrases fatales à l'origine de la brouille ; quant à leur conduite impeccable, huilée par des années de pratique, elle devint le rideau derrière lequel se développaient les hostilités.

Ébranlé par la surprise, Henri souffrit davantage que Catherine : si, à l'instar des orgueilleux, il supportait aisément qu'on ne l'aimât pas, il n'admettait pas en revanche qu'on le méprisât, encore moins que ce dédain vînt de l'être familier qui le connaissait le mieux. Trois solutions se présentèrent à lui : soit donner raison à Catherine, c'est-à-dire concéder qu'il avait abusé ses proches et triché pour gagner ; soit tenter de se justifier aux yeux de sa femme ; soit nier en bloc. Naturellement, il choisit la dernière possibilité. Allégeant sa conscience, n'envisageant pas que la révolte de sa moitié eût un quelconque fondement, il se pardonna et récrivit l'histoire : le problème cessa d'avoir Henri pour origine, Catherine devint le problème. Il commença à se plaindre d'endurer une compagne pareille, folle, schizoïde, aigrie, jalouse de sa réussite, de ses réussites. Quelle étrange personnalité ! Fausse, brisée, double, charmante en apparence, haineuse en réalité, tel le Docteur Jekyll qui se transforme en Mister Hyde.

Catherine, elle, s'amusait de cette nouvelle situation. Tourmenter son mari lui plaisait. Au moins avait-elle quitté le rôle de potiche, ainsi que celui de la bobonne trompée et impuissante. Il la craignait. Elle lui imposait la présence d'une femme imprévisible, une étrangère qu'il redoutait, comme le révélaient son front agité de tics et ses yeux dont les prunelles noires demandaient avec anxiété : « Que va-t-elle faire ? Que va-t-elle dire ? Que pense-t-elle ? » Elle mettait un point d'honneur à ne lui fournir ni réponse ni indice ; elle n'offrait aucune prise ; mieux, à mesure qu'elle se dérobait à lui, elle le contraignait à la regarder constamment, jusqu'à l'obsession. Elle ne montait sur la scène de sa vie que pour Henri. Des spectateurs, elle en avait eu des millions, depuis des années, en France comme à l'étranger, puisque sa position la mettait sous les feux de l'attention universelle, cependant elle n'avait fasciné jusqu'ici que des naïfs, des nigauds qui la supposaient éprise d'Henri, heureuse d'être la première dame. Depuis son aveu, elle avait conquis un spectateur lucide, appréciant sa performance, capable de mesurer combien elle exprimait le contraire de ce qu'elle éprouvait ; dorénavant, non seulement

Henri s'en rendait compte, mais cela l'horrifiait. Quelle volupté… Pourtant le Président, en bon homme politique, savait que personne ne se montre d'une sincérité constante, qu'on ment, qu'on ruse, qu'on promet, qu'on oublie ; or, en bon homme politique, il croyait aussi un peu à ce qu'il jouait, l'émotion, l'indignation, le courroux, la détermination, la puissance, l'impuissance. Le cynisme total de Catherine lui sembla donc un gouffre dans lequel ne s'agitaient que des damnés.

Henri haït cette cohabitation forcée avec sa femme. Puis, par contamination, se mit à haïr Catherine elle-même.

Il cacha de moins en moins ses sentiments. Son masque de mari attentionné, il l'ôtait sitôt qu'il n'y avait plus de témoins ; à peine le couple s'installait-il dans une voiture ou rentrait-il au palais que l'agacement, l'hostilité, la fureur ravageaient les traits du président Morel. Il devint plein de rancune, de fiel, bouillant de rage contenue.

Catherine raffola de cette poussée de violence, laquelle la fouettait, la vivifiait, l'arrachait à l'ennui ; elle l'apprécia comme l'arbre ressent une montée de sève au printemps. Si ce n'était pas le renouveau de leur amour, c'était un renouveau de leur histoire.

Un jour, alors qu'elle vaquait de boutique en boutique à Saint-Germain-des-Prés, escortée par deux gardes du corps et un chauffeur, elle repéra au loin un individu en imperméable beige, lequel traversa plusieurs fois son champ de vision.

Elle saisit aussitôt ce qui se passait : son mari la faisait suivre. Elle exulta. Non seulement elle fit semblant de ne pas voir le détective mais elle détourna plusieurs fois l'attention de ses gardes du corps afin qu'ils ne le remarquassent pas non plus.

– Que cherche Henri ? Que veut-il savoir ?

Au bout d'un mois, elle découvrit le but de ces filatures : le Président se constituait une liste des amis de sa femme ; à la suite de quoi, il envoyait à chacun une invitation de l'Élysée pour partager un « breakfast informel », sans Catherine, entretien au cours duquel, habile, il essayait de leur tirer les vers du nez. Sans que ses interlocuteurs s'en rendissent compte, l'ancien avocat devenu chef d'État parvenait à mesurer leur degré d'intimité avec Catherine, d'admiration ou d'hostilité envers lui, son dessein étant de déterminer si Catherine pouvait avoir livré à un confident ou à une confidente les secrets explosifs qu'elle détenait.

Elle s'amusa des récits que lui firent ses amis. Ceux-ci, intimidés, flattés, manœuvrés, n'avaient jamais deviné la vraie raison qui guidait la conduite d'Henri : sa sécurité.

– S'il me piste, c'est pour lui, pas pour moi. Il ne s'intéresse qu'à lui.

Comme l'homme à l'imperméable ou son fade suppléant continuaient à la filer, elle décida de leur jouer un tour.

Elle demanda à un certain Charles, un ami d'amis, antiquaire sur la rive gauche, de l'accueillir dans sa garçonnière. Le beau quadragénaire, haut, svelte, élégant, encore frais malgré les fils blancs qui irisaient ses cheveux sombres, accepta avec enthousiasme, honoré. Chaque jour, de cinq à sept, elle se rendit chez lui avec une discrétion ostentatoire. Ensemble, derrière les rideaux fermés, ils prenaient le thé, discutaient, riaient, écoutaient de la musique, de sorte que l'air satisfait qu'elle affichait en sortant de son immeuble – clic, photographie – n'était pas feint. Cela suffirait-il à nourrir la suspicion du président Morel ?

Après une semaine, elle vit dans les yeux d'Henri qu'il avait été mis au courant. À quoi le remarqua-t-elle ? À une lueur de joie : il espérait avoir coincé sa femme, enfin prise en faute.

Elle poursuivit la deuxième semaine ses visites assidues.

Confirmé dans ses soupçons, Henri avait du mal à cacher sa jubilation. Catherine, elle, y parvenait très bien.

La troisième semaine, elle porta le coup de grâce : elle se pavana avec Charles dans Paris, au restaurant et au spectacle. Puis, parce que la réaction souhaitée tardait à venir, par quelques coups de fil habiles, elle fit en sorte que des paparazzis photographient les deux nouveaux amis à leur insu.

Le samedi matin, un cliché parut dans le pire hebdomadaire à ragots, orné de cette légende : « Avec un favori comme lui, la première dame n'est pas près de rendre jaloux le Président.» Et le journaliste d'insister sur l'homosexualité notoire de l'antiquaire parisien. Quiconque en effet se renseignait sur Charles apprenait aussitôt qu'il avait un goût prononcé et exclusif pour les hommes. Seuls les deux espions en imperméable – parce qu'ils étaient stupides – et son mari – parce qu'il aimait trop les femmes – avaient pu négliger ce détail et se figurer que Catherine avait pris Charles pour amant.

Le soir même, au gala donné à l'Élysée en l'honneur du président russe, après avoir enfilé une robe longue et traversé les corridors solennels, elle retrouva Henri, maussade comme s'il lui en voulait de ne pas l'avoir trompé. Là, secrètement enchantée, elle subit un millième dîner d'État, un dîner aussi compassé qu'un apprenti maître d'hôtel, un dîner sans une fleur froissée, sans une parole trop haute, un geste plus animé, une réflexion originale, un dîner de poupées en cire entre les hauts plafonds et les tapisseries monumentales.

La réception achevée, lorsqu'ils remontèrent dans leur appartement, à peine étaient-ils seuls dans l'escalier qu'il risqua quelques mots :

– Comment supportes-tu que j'aie des maîtresses ?

– Je suis ravie que d'autres femmes accomplissent un travail dont je n'ai plus envie.

Il s'arrêta et la dévisagea, fermant sa main afin de retenir un coup.

– Tu sais que pour une telle remarque, un autre homme te giflerait ?

Elle hocha la tête, dubitative.

– Peut-être. Mais dirais-je cela à un autre homme ?

Il s'approcha d'elle, menaçant.

– Pourquoi ne me quittes-tu pas ?

– Ça te ferait trop plaisir.

– Et à toi, ça ne te ferait pas plaisir ?

– Ma vengeance consiste à rester avec toi.

– Pourtant tu serais libre !

– Toi aussi. Or tu serais capable, mon cher Henri, de mieux profiter de ta liberté que moi de la mienne. Je préfère donc me sevrer pour te priver. Dans le sacrifice, je serai toujours meilleure que toi.

Elle était sincère. Par agressivité, elle lui demeurerait fidèle comme elle l'avait été depuis le début de son mandat présidentiel. Une sainte. Impossible à prendre en défaut. Jamais une femme n'avait mis tant d'application à ne pas trahir son mari : si autrefois c'était pour le respecter, c'était aujourd'hui pour l'humilier.

Il ajouta :

– Tu es perverse.

– Probablement est-ce pour cela, mon cher, que nous nous sommes plu jadis ?

Ils pénétrèrent chez eux. Henri cadenassa la porte. Plus une parole ne fut prononcée jusqu'au matin.

Le lendemain, le soleil brillait sur les pelouses de l'Élysée comme une promesse miraculeuse.

Au contraire de ses habitudes, Henri insista pour prendre le petit déjeuner avec sa femme, fit monter deux plateaux, les installa lui-même dans la salle à manger, et, oubliant les tensions de la veille, s'adressa à elle avec amabilité :

– Catherine, dans un an et demi, il y aura une nouvelle échéance électorale. Je vais briguer un deuxième mandat.

– Je m'en doutais.

– Qu'en penses-tu ?

– Ta réélection n'est pas assurée.

– Je le sais, je me battrai.

– Comment ? Le coup de l'attentat, tu ne peux plus le risquer désormais.

Sa nuque se contracta. Il grimaça :

– Je ne vois pas de quoi tu parles.

– Bien sûr.

En silence, chacun s'absorba une minute dans une tâche essentielle, couvrir le pain beurré de confiture sans en mettre sur la table ou sur ses doigts.

Il reprit, mine de rien :

– Avant ce deuxième mandat, je propose que nous nous séparions.

– Pourquoi ?

– À ton avis…

– C'est un grand risque politique que tu prendrais là, mon cher Henri.

– Un président divorcé ? Les mœurs ont évolué !

– La surprise serait plus grave. Depuis toujours, depuis qu'il y a des journaux, des radios et des télévisions, tout le monde croit au parfait amour entre nous. « Un amour exemplaire », c'est notre légende. Découvrir que c'était faux, du pipeau, de la fumée, cela sèmerait la défiance chez tes électeurs, davantage encore chez les indécis : le président Morel nous a-t-il menti ? Qu'y-a-t-il de vrai dans ce qu'il nous a raconté ? Son bilan est-il si bon, finalement ? Ses faits et gestes ne relèvent-ils pas d'une stratégie de communication ?

– Je m'en moque. J'en ai assez.

– De moi ?

– De toi ! De nous !

– Y aurait-il une nouvelle maîtresse qui rêverait de me pousser dehors ?

– Même pas.

– Alors quoi ?

– Je ne tolère pas ton regard sur moi.

Elle éclata de rire.

– C'est certain : je te vois tel que tu es. Et c'est très laid.

Il grimaça, avala sa salive, puis, appliquant ses paumes ouvertes contre la table pour se calmer, conclut :

– Veux-tu considérer ma proposition ?

– C'est tout considéré : je refuse.

– Pourquoi ?

– J'ai trouvé ma voie. Que faire après avoir découvert que je ne t'aimais plus ? Te haïr. Ça me va.

– Catherine, je ne supporte plus de t'avoir à mes côtés.

– Pourtant il va falloir que tu t'y habitues. Laisse-moi donc résumer la situation. D'abord, tu ne brigueras un nouveau mandat que si je suis d'accord.

– Pardon ?

– Il faudrait que je ferme ma bouche, que je retienne mes vilains secrets, que je ne me mette pas à bavarder sur l'attentat de la rue Fourmillon.

Il eut un mouvement du corps, comme s'il avait intercepté un coup sur l'estomac. Certaine d'avoir été entendue, elle poursuivit :

– Et secondement, pendant ce deuxième mandat, je serai à tes côtés. « Un amour exemplaire », n'oublie pas !

Il avala une gorgée de café ; ses yeux, au-dessus de la tasse, semblaient prêts à tuer.

– Pourquoi cet enfer ? demanda-t-il.

– Pour que tu expies ce que tu as fait. Ce que tu as fait de moi, de notre fille, de tes principes, de notre vie, de ton ex-chauffeur.

– Tu deviens démente, Catherine : tu n'es plus seulement ma femme mais la justice divine.

– Exact !

Elle se dressa sur ses talons et quitta la pièce.

La semaine suivante, il y eut un incident auquel elle ne prêta d'abord guère attention. Tandis qu'elle se rendait pour le week-end à l'Institut des sourds et malentendants où séjournait leur fille, à Cognin, dans les Alpes, le chauffeur, après quelques kilomètres, s'arrêta pour vérifier ses freins car ceux-ci fonctionnaient mal. Ce que le garagiste confirma. Catherine félicita Martin de s'en être rendu compte à temps : les côtes en lacets leur auraient été fatales.

Or, dix jours plus tard, en revenant de l'opéra de Compiègne, où elle était allée entendre *Le Domino noir*, une œuvrette oubliée du XIXᵉ siècle, un accident se produisit.

À une heure du matin, dans Paris désert, la limousine conduite par Martin abordait le pont de l'Alma par les souterrains longeant les berges, lorsqu'une voiture blanche aux feux aveuglants surgit derrière. Inquiétante, irrationnelle, elle roulait si près qu'elle les poussa à accélérer. Soudain, un autre véhicule engagé dans le mauvais sens débola en zigzaguant, forçant Martin, le chauffeur, à braquer. En une seconde, la limousine présidentielle s'écrasa contre une colonne.

Dans le *crac* sonore et le pliage des tôles, Martin cria de douleur, Catherine assise à l'arrière sentait son genou se déchirer.

Les secours arrivèrent vite, pompiers, ambulances, et l'on désincarcéra les passagers. Brisés mais conscients.

En route vers l'hôpital, Catherine sut très vite qu'elle s'en tirerait, son chauffeur aussi. Pourtant, cela ne la rassura pas car elle avait désormais identifié le vrai danger : Henri !

Au fur et à mesure que la sirène déchirait la nuit de Paris, Catherine réalisait l'horreur de sa situation : Henri avait donné l'ordre de la supprimer. Puisqu'il ne voulait plus l'avoir à ses côtés, ni pour sa prochaine campagne, ni pour son éventuel deuxième mandat, aucun scrupule ne l'arrêterait plus.

Quand elle passa le sas des urgences à La Pitié-Salpêtrière, elle soupira, soulagée de débarquer dans un hôpital public, non dans une clinique privée où il aurait pu la prendre en otage et agir à sa guise.

Les plus grands spécialistes en traumatologie l'examinèrent, on la piqua, l'alimenta en oxygène, lui préleva du sang, puis ils lui annoncèrent qu'ils allaient lui opérer la jambe sur-le-champ.

Au réveil, c'est le visage d'Henri qu'elle découvrit, penché, attentif, au-dessus d'elle.

Tout de suite, il sourit, saisit sa main, lui caressa les tempes. Terrorisée et groggy, elle le laissa faire. Il parla, elle répondit par des grognements ; il en profita pour se lancer dans un monologue passionné. Pendant un temps qu'elle estima interminable, il s'exprima en mari idéal, choqué, affectueux, comme s'il avait eu peur de la perdre, comme si elle comptait encore à ses yeux, comme s'il l'aimait toujours. Sans honte, il lui avoua que la récupérer dans cet état, si faible, rescapée de la mort, lui avait permis de mesurer combien ces derniers mois de bouderies, de chamailleries et d'éloignement avaient été absurdes. En gage de sincérité, des larmes perlèrent le long de ses paupières un peu orientales. Muette, réfugiée derrière sa souffrance, Catherine n'en revenait pas : comment pouvait-il mentir à ce point ? Même elle n'y arriverait pas. L'assassin avait emprunté à la perfection les mines, les pensées et les sentiments d'une victime ! Quel artiste... Elle le laissa achever son numéro car elle n'avait ni la force ni l'énergie de réagir.

Les jours suivants, il continua à jouer merveilleusement sa partition de l'adorable mari anxieux, parfois seul avec elle, parfois devant des témoins attendris. Cependant, dès qu'elle se sentit maîtresse de ses nerfs, elle profita d'un moment où ils étaient seuls pour demander à Henri :

– Jusqu'où irais-tu ?

– Que veux-tu dire, ma chérie ?

– Jusqu'où irais-tu pour le pouvoir ?

– De quoi parles-tu ?

– Jusqu'à tuer ta femme ?

– Tu as eu un accident.

– Deux en une semaine. Curieux, non ? D'abord les freins qui lâchent. Ensuite un traquenard.

– Tu conclus vite. L'enquête est en cours, la lumière sera faite. Lorsqu'on aura mis la main sur ce chauffard, on le traînera devant les tribunaux.

– On ne le trouvera pas.

– Et pourquoi ?

– Parce qu'on perd toujours la trace des agents secrets. Ou alors les dossiers sont couverts par le secret d'État.

– Je ne comprends pas.

– Deux accidents rapprochés qui mettent ta femme en danger de mort... Tu vas évoquer le hasard et la loi des séries, j'imagine ? D'ailleurs, la seule question que je me pose concerne tes intentions. Voulais-tu que j'y reste ? Le cas échéant, tes services secrets sont nuls. Ou voulais-tu juste que je prenne peur ? Si oui, tu es bien obéi. Intimidation réussie ou attentat raté ?

– Ma pauvre chérie, tu es en état de choc.

– C'est ça, achève-moi ensuite avec des psychiatres qui me prétendront cinglée. La jambe dans le plâtre et le reste dans une camisole chimique, c'est le minimum avec lequel je vais m'en tirer ?

– Catherine, je croyais que cet épisode horrible de suspicion et de haine que nous venons de traverser était derrière nous.

– À qui profite le crime ? À toi.

– Il n'y a pas crime.

– À d'autres !

– Écoute, Catherine, j'ai beau rêver, espérer, multiplier les efforts, nous ne nous entendons plus. Dès que tu seras sortie de cet hôpital, nous devrions poser nos problèmes à plat, en parler et arrêter une solution.

– Divorcer ? Jamais ! Jamais, tu m'entends, jamais ! Tu ne m'extorqueras pas le divorce.

Comme elle avait crié, il se redressa, affolé, redoutant que son secrétaire, dans le couloir, l'ait entendue hurler ce mot de « divorce ». Puis il la regarda, d'un air où se mêlaient effroi et compassion :

– À demain, Catherine, abandonne ces soupçons ignobles, ressaisis-toi.

Il la quitta brusquement.

Seule, Catherine se laissa aller à la panique. Comment lui échapper ? Ici, à l'hôpital, elle ne craignait rien, mais sitôt dehors, elle s'exposerait à de nouveaux dangers, cible des services très secrets aux ordres de son très puissant mari.

La peur étant un bon aiguillon, elle trouva une issue. Aussitôt, elle demanda à recevoir le plus d'amis et de connaissances possible pendant les trois jours qu'il lui restait à l'hôpital. Ses coups de fil se révélèrent fructueux : une quarantaine de personnes la visitèrent. Chaque fois qu'il passait, Henri la voyait en nombreuse compagnie. Il crut qu'elle avait changé d'humeur et s'en réjouit.

Enfin, la veille de son départ, au crépuscule, le Président put profiter d'une minute de tranquillité avec elle.

Catherine lui adressa un large sourire.

– Je suis contente de rentrer, Henri, oui, bien contente.

– Allons, tant mieux, dit-il, sans masquer son soulagement.

– Auparavant, j'avais peur de sortir d'ici car je savais que c'était me livrer aux gens qui me veulent du mal. Maintenant je suis rassurée.

– Ton délire paranoïaque t'a quittée, tu m'en vois ravi. J'étais inquiet.

Elle constata qu'il avait l'air sincère. Quel gigantesque comédien lui aussi...

– Oui, je retourne à l'Élysée sans appréhension. En revanche, c'est toi qui vas avoir peur.

– Pardon ?

– Peur qu'il m'arrive quelque chose.

– Naturellement, j'ai peur qu'il ne t'arrive quelque chose, j'ai toujours eu peur qu'il t'arrive quelque chose, rien de neuf sous le soleil.

– Non, tu vas avoir plus peur qu'avant. Parce que ces derniers jours, j'ai profité de mes visites pour prendre des précautions. À partir de demain, si je suis blessée, une lettre paraîtra. Une lettre déposée en lieu sûr, à l'étranger, loin de tes espions et de tes bras armés. Une lettre où je raconte l'attentat de la rue Fourmillon – ce que j'en sais, c'est-à-dire beaucoup – et les divers accidents qui viennent de se produire, avec mes petites hypothèses sur leur commanditaire. Si je succombais, après la divulgation de ma lettre dans la presse, nul doute que cette fois-ci on mènerait une enquête sévère, une vraie, une enquête que tu ne contrôlerais pas.

— Tu es folle !

— S'il m'arrive quelque chose, tu es foutu.

Ils se dévisagèrent avec haine. C'était aussi intense que du désir, aussi violent que de l'amour, cela leur rappelait l'importance qu'ils avaient eue autrefois l'un pour l'autre, au début de leur relation, à cette différence près que leurs sentiments conduisaient maintenant chacun à souhaiter la mort de l'autre plutôt qu'un avenir commun.

Le médecin entra, s'arrêta devant ces deux êtres tendus, crut qu'il interrompait une déclaration passionnée, se racla la gorge.

— Excusez-moi de vous déranger, madame, monsieur le Président.

Catherine afficha aussitôt un sourire aimable et lança d'un ton mondain :

— Entrez, professeur Valencienne, entrez.

Ne voulant pas demeurer en retrait, Henri se livra aussi à des assauts d'amabilité. En congratulant le chef de service, il lui approcha une chaise afin qu'il les rejoignît au pied du lit.

Gêné, hésitant, presque réticent, le médecin avançait à reculons.

— Voilà, madame, monsieur le Président, nous avons effectué des analyses lorsque madame a été admise aux urgences. Pour ce qui est du choc et de ses séquelles, je pense que notre service a garanti le maximum. Vous pourrez reprendre votre vie d'avant. Cependant, lors des examens, nous avons découvert autre chose.

Le Président fit signe au praticien de s'asseoir. Celui-ci refusa encore et s'adressa à Catherine.

– Nous devons maintenant parler d'un problème de santé plus grave, malheureusement. Les analyses de sang nous indiquent la présence d'une tumeur.

– Une tumeur ?

– Une tumeur…

– Vous voulez dire : un cancer ?

Le professeur approuva de la tête.

Catherine et Henri se regardèrent avec des sentiments mêlés.

Henri se dressa sur ses pieds et dit avec une autorité qui exigeait une réponse franche, immédiate :

– C'est grave, docteur ?

Le professeur Valencienne se mordit les lèvres, posa ses yeux sur le mur de gauche, puis le mur de droite, en quête d'une inspiration qu'il ne trouva pas, et répliqua en contemplant ses chaussures blanches :

– Préoccupant. Extrêmement préoccupant.

On ne pouvait mieux dire.

Le Président laissa échapper un « Et merde ! », son juron habituel ; quant à Catherine, elle s'évanouit.

La santé de Catherine se dégrada rapidement.

Revenue à l'Élysée, dans leur appartement mansardé, elle entretint quelque temps l'espoir de guérir, quoique les examens montrassent que le mal, ayant été diagnostiqué trop tard, progressait à une vitesse fulgurante.

Une chimiothérapie l'épuisa. Elle perdit l'appétit. Ses cheveux se raréfièrent. Les spécialistes cessèrent de s'acharner contre les métastases envahissantes et décidèrent de suspendre tout traitement. Par cette interruption, Catherine reçut l'assurance qu'elle ne guérirait pas ; elle en ressentit un étrange apaisement.

– Ainsi, c'était mon destin… Je devais finir comme ça… et maintenant…

Dans l'appréhension de la mort, il y a trois peurs distinctes, l'inconnu de la date où l'on mourra, l'inconnu de la manière dont on mourra, et l'inconnu de la mort elle-même. Pour Catherine, deux éléments s'étaient précisés : elle s'éteindrait bientôt, et d'un cancer généralisé. L'angoisse qui pouvait l'agiter désormais ne concernait plus que l'état de mort ; or, puisqu'elle était croyante depuis son enfance, elle ne redoutait pas ce mystère ; certes, elle n'en savait rien – pas davantage qu'un autre – mais elle avait confiance.

Henri insista pour qu'elle demeurât à l'Élysée, près de lui, accessible aux amis qui lui rendaient souvent visite.

Tous étaient surpris – son mari aussi – par sa douceur consentante. Cette tranquillité venait de ce qu'elle avait intériorisé son cancer. Un jour, elle avait interrogé une jeune infirmière qui lui administrait une piqûre de morphine :

– Si j'avais parlé plus tôt, si j'avais vite craché ce que j'avais sur le cœur, aurais-je évité le cancer ? Si je m'étais libérée en paroles, peut-être n'aurais-je pas développé ce mal en moi ?

– Un cancer, c'est un accident, madame.

– Non, c'est une conséquence. Le cancer est parfois la forme que prennent les secrets qui pèsent trop lourd.

Évidemment, elle ne prétendait pas avoir raison, mais ce point de vue lui permettait d'accepter, de considérer que c'était à elle, bien à elle, rien qu'à elle, que cela arrivait. Loin d'être un attentat surgi de l'extérieur, son cancer devenait une histoire générée par son corps, son âme, par elle.

Rigaud, le conseiller en communication du Président, rôdait. Comme elle savait qu'il détestait les maladies au point de renoncer à entrer dans l'hôpital où son propre père agonisait, elle se douta qu'il devait être poussé par un autre mobile que la compassion et lui demanda, autour d'une tasse de thé, de soulager sa conscience.

– J'ai quelque chose à vous demander, admit-il. Le Président devait le faire à ma place, or il est si perturbé par les événements qu'il n'ose pas. Voici : pouvons-nous

rendre public votre état et annoncer vos… difficultés…
à la presse ?

Elle le toisa sans sympathie. À peine venait-elle
d'apprivoiser sa maladie qu'il la lui reprenait déjà.

– Pourquoi ?

– Le Président va partir en campagne pour sa réélection. Or on commence à s'interroger sur votre absence.
Certains disent que vous vous opposez à ce nouveau
mandat ; d'autres murmurent que votre couple ne
s'entend plus ; d'autres vous prêtent une liaison avec un
marchand de tableaux new-yorkais.

Elle ne se retint pas de rire.

– Oh, pauvre Charles… antiquaire parisien, le voilà
métamorphosé en marchand de tableaux new-yorkais.
Et il est devenu hétérosexuel en traversant l'Atlantique !
Comme la rumeur travaille bien…

Rigaud renchérit, embarrassé :

– Oui, madame, les rumeurs se multiplient, aussi
fausses et néfastes les unes que les autres, d'autant que
la mine grave du Président les confirme. Aussi je viens
vous demander de révéler la vérité. Vous la devez à
vous-même, au Président, à votre mariage exemplaire.
Faisons disparaître ces ombres sales.

Elle réfléchit.

– Les gens seront-ils émus, Rigaud ?

– Les gens vous adorent, madame. Attendez-vous à
beaucoup de témoignages de sympathie et de chagrin.
Vous serez submergée.

– Non, je voulais dire que les gens seront émus par Henri Morel, une fois de plus, ce brave et courageux Henri Morel, ce survivant qui a subi un attentat avant sa première élection puis qui accompagne noblement l'agonie de sa femme avant la seconde.

– Il est certain que le hasard n'épargne pas ce pauvre président Morel.

– Croyez-vous ce que vous dites, Rigaud ?

Il la fixa, intransigeant, impérieux, intense, et choisit de ne pas mentir : il se tut.

D'un hochement de tête, elle approuva ce silence, lui montrant que, pas dupe, elle savait beaucoup de choses…

Une minute passa sans qu'aucun des deux ne bougeât.

– C'est oui, conclut-elle.

Une heure plus tard, Henri, averti par Rigaud, débarqua dans les appartements pour la féliciter avec chaleur :

– Merci, Catherine. Tu acceptes donc que j'accomplisse un deuxième mandat ?

– Ai-je le pouvoir de t'arrêter ?

Il resta perplexe, se demandant si, à cause des traitements et des médicaments, elle avait oublié ses menaces. S'approchant avec douceur, il lui saisit la main :

– Peux-tu me dire ce que tu penses ?

Non, elle ne pouvait pas. Elle ne savait plus. Tout était devenu si confus. Des larmes irritèrent ses yeux.

Henri l'embrassa, la conserva longuement contre lui, entre ses bras, puis, sentant qu'elle se décontractait et qu'elle chavirait dans le sommeil, la laissa se reposer.

La maladie avait tout changé entre eux : l'agressivité avait perdu son droit de visite.

Catherine, consentant à son destin tragique, ne voulait plus mordre ; non seulement ce n'était pas sa nature mais cela lui rappelait les semaines précédant sa tumeur ; elle associait confusément l'ironie, le sarcasme et la violence verbale à la détérioration de sa santé !

Catherine s'obligeait au silence, tandis qu'Henri pratiquait l'amnésie conditionnelle : il se comportait « comme si », comme si elle ne lui avait jamais exprimé son dédain, comme si elle ne l'avait pas menacé de révéler ce qu'elle savait sur l'attentat de la rue Fourmillon, comme si elle n'avait pas déposé un testament compromettant à l'étranger. À force d'occulter ces épisodes, il doutait presque qu'ils eussent existé. Il s'accrochait à son emploi de mari idéal comme un noyé à une bouée, c'était son salut, la réalité qu'il voulait fabriquer. « Assurer le spectacle », se murmurait-il souvent, « s'en tenir au rôle, ne rien montrer de mes inquiétudes ou de mes tumultes intérieurs. »

N'avait-il pas raison ? Parfois la forme sauve. Quand le désordre menace, seules les apparences nous empêchent de nous abîmer dans le chaos ; elles sont fortes les apparences, elles se tiennent, elles nous retiennent. « Ne pas tomber », se répétait-il, « ne pas m'effondrer, ne pas céder à la peur, ni la peur de ce qu'elle endure, ni à la peur de ce qu'elle m'infligera. »

Ils ne savaient plus ce qu'ils pensaient. Ni d'eux-mêmes ni de l'autre. Le désastre avait éparpillé sur la table les cartes d'un jeu dont ils ignoraient les règles ; cependant la maladie leur avait apporté à tous deux sa sagesse inattendue : vivre dans l'instant, se savoir éphémères, ne se fier qu'au provisoire. Dès lors, ils affrontaient chaque jour une montagne sans songer à l'ascension du lendemain. Si beaucoup de détails demeuraient irrésolus entre eux, ils s'en occuperaient à l'heure venue, pas avant.

Comme une déflagration, les médias annoncèrent la maladie de Catherine. Les radios, journaux et télévisions ne parlèrent que de ça pendant une semaine, tant elle était populaire, c'est-à-dire respectée et aimée. Catherine eut l'impression de lire son éloge funèbre ; parfois, quelques compliments flattèrent son amour-propre ; souvent, elle se trouva jolie, voire très jolie, sur les vieilles photos reproduites ou les films d'archives qu'exhumaient les chaînes, d'autant plus jolie que ces dernières semaines avaient attaqué sa beauté. Quand elle se surprit en train de se congratuler, elle rougit d'abord puis se pardonna : après tout, quelles autres joies narcissiques lui restait-il ?

Cependant, lorsqu'elle découvrit que des paparazzis campaient dans les rues avoisinantes, stationnaient devant la sortie qu'elle empruntait toujours, la porte du Coq, au fond du parc, voire grimpaient sur les murs pour voler au téléobjectif un cliché de la première dame malade, elle convoqua le conseiller en communication du Président.

– Mon cher Rigaud, dit-elle, il faut que les journalistes arrêtent sinon ils n'auront plus de cartouches pour ma mort.

Rigaud avala son cake et promit qu'il allait détourner les commentaires sur le Président.

De fait, la campagne de Morel, sa dignité, son courage, cette force incroyable qui le rendait capable de mener tant de combats monopolisèrent l'attention. Alors qu'on montre les hommes politiques avec des sourires à trente-deux dents, on se plaisait à le photographier avec les lèvres pincées, le front plissé, le regard sombre.

Dès qu'il le pouvait, beaucoup plus souvent qu'elle ne l'aurait imaginé, il la rejoignait pour partager avec elle tantôt un moment silencieux, tantôt un moment où, dans un monologue brillant, il lui racontait ses affrontements, ses projets, ses intentions, les déconvenues de ses adversaires. Elle l'écoutait avec bienveillance.

Enfin, arriva le jour où le médecin qui suivait Catherine exigea qu'on la plaçât dans une maison spécialisée, mieux adaptée à son affaiblissement. Henri voulut protester, s'opposer ; elle approuva d'un simple mouvement de tête.

Sitôt qu'ils furent partis, elle s'interrogea sur le sens de ce refus : voulait-il la garder auprès de lui par amour ou craignait-il de ne plus la contrôler si elle s'éloignait ?

Elle roulait vers la Maison de Rita, une clinique située dans la nature verdoyante du Loiret, superbe bâtiment dressé au milieu d'un parc aux arbres centenaires où vivaient des milliers d'abeilles, selon le dépliant publicitaire.

Comme le Président l'accompagnait en limousine pour l'installer dans cette nouvelle demeure, il s'indigna lorsqu'il vit ce nom inscrit en lettres dorées à l'or fin au-dessus de la grille d'entrée.

– La Maison de Rita ! C'est d'un goût ! Évoquer Rita, la patronne des causes désespérées, pour désigner un établissement médical !

– Henri, je ne suis pas dupe, murmura Catherine. Je sais qu'il s'agit d'un centre de soins palliatifs où l'on accueille les malades en fin de vie.

– Mais...

– Je sais que je n'en sortirai jamais.

– Ne dis pas cela.

– Si. Alors, la Maison de Rita, ça me convient. Connais-tu l'histoire de Rita ?

Pendant que la voiture progressait dans l'allée en écrasant les graviers qui crépitaient, il considéra son épouse avec étonnement, se demandant si elle se moquait de lui. Par prudence, il répondit sur un ton neutre :

– Non, je ne suis pas expert en hagiographie.

– Avant d'être un objet de bazar religieux, Rita fut une femme, une femme réelle, une Italienne du XVe siècle qui parvint à réaliser quelque chose d'impossible : réconcilier deux familles qui avaient d'excellentes raisons de se haïr, la famille de son mari et la famille de l'assassin qui avait poignardé son mari. Il n'y avait pas meilleur qu'elle pour atténuer la haine, la mesquinerie, pour exalter l'amour, le pardon. Malade – une plaie purulente au front –, elle vécut néanmoins très âgée, pleine de bonté, d'énergie, d'optimisme, en accomplissant le bien autour d'elle.

– Tu me surprends, Catherine.

– Si on peut ne pas croire aux saints de l'Église catholique, il faut néanmoins reconnaître que cette appellation contrôlée n'a pas été attribuée aux personnes les plus mauvaises.

– Soit.

– Qui sait ce qui adviendra dans une maison qui porte un tel nom ? ajouta-t-elle en savourant avec gourmandise, une fois la vitre baissée, le frisson des feuilles, l'odeur de terre fraîche au pied des plantes, les bordures de tulipes éclatantes de santé.

Le président Morel interpréta cette phrase comme un vœu de guérison et, plein de pitié envers une mourante qui espérait encore, préféra suspendre la discussion.

S'accotant à un orgueilleux bois de chênes, s'élevait une haute bâtisse blanche, moitié manoir, moitié château, large perron, escalier encadré de lions sculptés, portes écussonnées. La directrice de l'établissement, une femme blonde, les guettait devant l'entrée, son personnel disposé sur les marches, comme la domesticité des châteaux d'autrefois attendant au grand complet le retour du seigneur. Elle multiplia les « très honorée » à l'intention du Président et de la première dame, donnant un air de visite préfectorale à la réalité sordide, au point qu'Henri et Catherine, échangeant un clin d'œil lorsqu'elle leur présenta un immense buffet de produits régionaux avec la fierté de celle qui venait d'inventer le petit-four, manquèrent piquer un fou rire, ce qui ne leur était plus arrivé depuis des années.

On installa Catherine dans une chambre spacieuse, dont les fenêtres ouvraient sur le parc, puis le Président repartit, appelé par le devoir. Il l'embrassa sur le front et lui promit qu'il reviendrait vite.

Pendant trois jours, il n'en eut pas l'occasion, malgré son désir sincère. La campagne s'intensifiait, il devait consacrer temps et énergie à ce nouveau combat. Comme il recevait de ses nouvelles toutes les deux heures, on lui apprit que Catherine avait demandé un carnet vierge et s'était mise à écrire.

Il comprit ce qui se passait.

– Voilà, elle rédige une confession destinée à me nuire. Il faut que j'aille rapidement et souvent la voir. Moins j'irai, plus elle me chargera.

Persuadé que sa présence limiterait son fiel, il ne parvint pourtant pas à trouver les trois heures nécessaires, ni ce jour-là ni les trois suivants.

Le dimanche, un hélicoptère l'emporta à la Maison de Rita.

L'obséquieuse directrice, éblouie par cette débauche de moyens, le conduisit en se tortillant jusqu'à la chambre de sa femme. Lorsqu'elle poussa la porte, il retint son souffle.

Assise devant sa table, penchée sur son carnet, Catherine avait changé ; alors qu'elle avait été plus jolie que belle durant son existence, dotée d'un charmant minois, elle prenait, sous les attaques de la maladie qui creusait son visage, ombrait ses paupières et rendait son teint cireux, un masque d'une grande beauté, une beauté lente, noble, hiératique, inexpressive, plus impressionnante que plaisante. Alors qu'il n'avait rien perçu quand il la fréquentait quotidiennement, Henri réalisa l'ampleur de la transformation qui s'était opérée en elle. Cette femme avait déjà en partie quitté son enveloppe charnelle, abandonné le monde des vivants.

– Bonjour ma chérie.

Elle mit quelques secondes à réagir – tout s'était ralenti en elle –, se retourna, découvrit Henri, lui sourit. Il sembla au Président que cet accueil était sincère.

Or, dès qu'il approcha, elle posa ses mains sur les pages qu'elle venait d'achever afin qu'il ne les vît pas, ferma le carnet et le plaça entre ses jambes.

Ce réflexe démoralisa Henri. Ainsi, il avait raison : elle se vengeait.

Pendant une heure, il lui fit la conversation, se justifia de n'être pas venu en racontant par le menu, avec humour, les occupations qui l'avaient requis cette semaine. Malgré sa fatigue, elle l'écouta attentivement et, quoique incapable de rire, marqua d'un plissement des yeux les moments où, en temps normal, elle se serait esclaffée.

En multipliant les anecdotes, il ne songeait néanmoins qu'au carnet. Pourquoi n'avait-il pas le courage de le lui prendre ? Ou de lui en parler ?

Soudain, il le désigna du doigt.

– Tu écris ?

Le visage de Catherine s'éclaira.

– Et qu'écris-tu, si ce n'est pas indiscret ?

Elle hésita, chercha ses mots, puis se réjouit à l'avance de ceux qu'elle avait trouvés.

– C'est un secret.

Il insista avec douceur, sans hostilité :

– Un secret que je peux partager ?

Elle se troubla de nouveau, détourna la tête et prononça lentement, en fixant le parc au soleil couchant :

– Si tu le partages, ce ne sera plus un secret.

Avalant sa salive, retenant son agacement, il poursuivit sur le ton de la confidence :

– Pourrai-je le lire un jour ?

Un éclair passa dans les yeux de Catherine. Sa bouche se plissa, amère.

– Oui.

Le silence s'épaissit. Dehors, le jour tombait. La fenêtre de la chambre, grande ouverte, laissait entrer les vocalises du loriot et les coups de bec sur les écorces. On respirait le calme, l'éloignement de tout, le repos d'un jardin naturel.

Henri n'alluma pas, laissant l'obscurité gagner la pièce. Au fond, ce crépuscule reproduisait leur amour : ce qui avait été lumineux devenait sinistre, poisseux, les ténèbres les écrasaient.

Il l'embrassa sur le front et la quitta.

Le lundi matin, à six heures et dans la plus extrême discrétion, il convoqua un chef des services secrets, le général Reynaud, et lui confia son souci en le maquillant quelque peu : il craignait que sa femme, malade, droguée, ne couche sur le papier des phrases qui seraient mal interprétées, voire utilisées par ses ennemis. Aussitôt, le général envoya à l'institution quelqu'un qui récupérerait les pages en question.

Rassuré, le président-candidat Morel retourna à ses tâches.

Pendant les semaines suivantes, accaparé, débordé,

volant de meeting en studios de télévision, acceptant des débats houleux avec ses adversaires, il ne parvint, quoique rongé par la culpabilité, à la rejoindre que trois fois. À chaque visite, il se sentait si mal qu'il se montrait brusque, pas assez tendre ; et constater les progrès de la déchéance le crispait davantage. Quoiqu'elle semblât ne pas s'en offusquer, il savait qu'il la vexait, l'irritait, qu'il la poussait à se venger toujours plus dans ses écrits.

Le jour de l'élection arriva. Au premier tour, Henri Morel obtint quarante-quatre pour cent des voix, ce qui était insuffisant pour vaincre mais présageait bien du second vote car ses concurrents, divisés, sans leader incontestable, avaient chacun mobilisé dix pour cent des électeurs. Ces scores permettaient de penser que les reports de voix lui seraient favorables.

Il se jeta dans la bataille avec énergie, d'autant que l'action le distrayait de l'agonie de Catherine et de ses conséquences.

Le dimanche du second tour, Henri Morel conquérait la présidence avec cinquante-six pour cent des voix : un triomphe ! Son quartier général exultait, la liesse soulevait son parti, le peuple se rua dans les rues pour chanter, danser, brandir des drapeaux. Lui-même fut contraint de descendre les Champs-Élysées dans sa voiture, et, par le toit ouvert, de lancer des mercis à la foule qui l'acclamait.

Ensuite, appelé devant les caméras à commenter ce plébiscite, il s'efforça de garder un masque grave, ne voulant pas qu'on lui reprochât sa joie dans quelques jours, à l'enterrement de Catherine. À sa surprise, il se rendit compte d'ailleurs qu'il ne lui était pas difficile de garder ce maintien digne et introverti tant il était absorbé. Pendant la nuit, avec les militants, il fêta la victoire.

À l'aube, seul dans son appartement de l'Élysée, en face de sa glace où il se scrutait nu, sans sympathie ni complaisance, il consacra quelques minutes à analyser les sentiments qui l'agitaient : il ne voulait pas que Catherine meure, et cela autant pour de bonnes que de mauvaises raisons. De bonnes car il éprouvait un chagrin profond, plus fort qu'il n'aurait cru, à voir sa femme détruite par la maladie. De mauvaises car la mort de Catherine signifierait l'apparition de la vérité, les révélations concernant l'attentat de la rue Fourmillon et autres détails infamants, une explosion aux éclaboussures infinies et capable d'anéantir son avenir politique, pourtant si officiellement heureux.

Lorsqu'en début d'après-midi il arriva à la Maison de Rita, Catherine venait d'entrer dans le coma. Selon l'infirmière rousse à son chevet, elle avait suivi la veille sur son poste les images de la réélection, elle avait pleuré ensuite, puis s'était endormie. Au matin, sa conscience avait sombré.

Un médecin vint confirmer qu'elle ne se réveillerait

pas ; l'issue fatale interviendrait sous quarante-huit heures.

En pilotage automatique, Henri reçut ces atroces informations en approuvant de la tête. Il était si choqué qu'en fait, il ne ressentait rien.

Quand il eut écouté jusqu'à la nausée la directrice répéter ce que chacun avait déjà dit de sa voix sèche, avec sa vide autorité administrative, il profita d'un instant de solitude avec Catherine pour chercher dans la pièce le carnet.

En vain.

Hagard, il espéra que l'agent envoyé par le général Reynaud avait fait le ménage avant lui. Comment en être sûr ?

Le soir à Paris, il organisa un rendez-vous discret avec le général, lequel lui avoua que son agent infiltré, placé aux cuisines depuis un mois, n'avait pas non plus réussi à mettre la main sur le carnet. D'ordinaire, Catherine le rangeait sous son matelas, or, ce matin, après qu'on eut signalé son coma, l'homme ne l'y avait pas trouvé.

Henri crut que le sol s'effondrait.

Le lendemain, il retourna à la Maison de Rita sous prétexte de veiller Catherine et, à midi, fit un esclandre auprès de l'administration : où avait disparu le journal de bord que tenait son épouse ? Ce volume devait lui être remis dans l'heure ! Un commando, mené par la servile directrice, investigua durant des heures, fouilla de fond en comble le bâtiment et les casiers du personnel sans l'obtenir. Le Président insista pour qu'on interrogeât chacun : témoin de ces entretiens, il constata qu'aucun indice s'en dégageait. Après la comparution de la dernière infirmière, il allait sortir de ses gonds ; c'est alors que le médecin surgit dans le bureau en annonçant la mort de sa femme.

Catherine Morel n'était plus.

À cette seconde, Henri entra dans un couloir glacial qu'il ne quitterait plus pendant des semaines : il se savait perdu.

À l'Élysée, il profita de ce que chacun appelait « son choc » pour se retirer de l'organisation des funérailles. Très à l'aise dans ce genre d'occasions, Rigaud mit sur pied une somptueuse cérémonie à la cathédrale Notre-Dame de Paris, retransmise sur un écran géant devant l'édifice et sur les écrans de télévision, dans les foyers de France.

Encadré par la garde nationale qui apportait l'éclat de ses casques et la nervosité racée de ses chevaux, le cercueil fut conduit par un char croulant sous les roses blanches jusqu'au grand portail ; il entra ensuite dans la nef, porté par de jeunes artistes plasticiens. Le cardinal Steinmetz, foi d'acier, voix d'airain, mena la messe, entrecoupée de chœurs, d'un solo exécuté par la meilleure cantatrice et d'intermèdes symphoniques. Appelé près de l'autel, le président Morel délivra, de pudiques lunettes sur le nez, un discours censé être de son cru mais concocté par une brillante agrégée de lettres employée par l'Élysée, à laquelle, pour une fois, on ne reprocha ni son lyrisme ni ses élans sentimentaux. En lisant les ultimes paragraphes, lui-même bouleversé par le chagrin de la rédactrice, contaminé par l'émotion qui régnait sous les voûtes, Henri ne cacha pas aux milliers d'invités en larmes qu'il luttait pour rester digne. Quand leur fille, sourde et muette, vint rendre hommage à sa mère en un discours constitué de signes, de grimaces et de gestes, quoique personne n'y comprît goutte, tout le monde fut bouleversé tant elle était expressive ; cela passa pour le pic émotionnel de ces funérailles, l'enfant silencieuse s'adressant en silence au cercueil silencieux. Des applaudissements crépitèrent. Un peu honteux, la tête basse, Henri pensa que Catherine aurait détesté cet épisode exhibitionniste.

Lorsque, quelques heures plus tard, la terre recouvrit le corps de son épouse, Henri commença à songer aux ennuis qui l'attendaient : la révélation de ses manipulations, la perte de son honneur, les poursuites judiciaires, l'annulation de son élection.

Bien qu'il ait lancé les services secrets sur la piste du journal, les investigations ne donnaient rien. Les agents avaient eu beau fouiller les résidences des amis, y compris Charles, l'antiquaire, ou leur fille malentendante, le carnet demeurait inaccessible.

Ni à Rigaud ni au général Reynaud, Henri Morel

n'avait avoué qu'il craignait le contenu dévastateur que comportait le manuscrit. Il leur avait caché aussi ses différends avec sa femme, ces mois de lutte qui avaient précédé puis accompagné l'agonie. Eux aussi, comme des millions de gens, croyaient encore à « l'amour exemplaire ».

Un jour, le général Reynaud demanda à être reçu par le chef de l'État.

Henri vida son bureau de ses conseillers et l'accueillit, fébrile.

– Alors, général, vous l'avez ? Vous l'avez enfin ?

– Non, monsieur le Président, mais nous l'avons localisé : il se trouve au Canada.

– Que fait-il là-bas ?

– Il s'apprête à être imprimé par une maison d'édition.

– Quoi ?

– J'ai consulté les experts juridiques : pas de faille, tout est légal. Le texte a été confié à l'infirmière qui s'occupait d'elle, accompagné d'une lettre signée par feu Mme la Présidente en présence d'un notaire, lequel indiquait et validait la marche à suivre. Cette parution semble l'exécution de ses dernières volontés.

– Il faut contester, prétendre que c'est un faux !

– Impossible. Chaque document a été rédigé de sa main. Et le personnel de la clinique l'a vue écrire pendant des semaines.

Henri enfouit sa tête entre ses doigts.

– La salope, elle a pensé à tout !

Reynaud estima qu'il était victime de son imagination : le digne Président ne pouvait avoir dit cela de son épouse adoré. Le vieux militaire toussa, rougit, s'agita sur son fauteuil, honteux d'avoir mal compris.

– Merci, Reynaud, merci. Demandez à Rigaud de valider votre analyse. À savoir que nous ne pouvons plus intervenir...

– J'y vais de ce pas, monsieur le Président.

Il se leva et salua. À la porte, le Président l'arrêta :

– Reynaud ! Comment s'appelle le livre ?

– *L'Homme que j'aimais.*

– *L'Homme que j'aimais* ?

– Oui. Un beau titre, n'est-ce pas, monsieur le Président ?

Henri approuva de la tête pour se débarrasser du général.

Quel abruti ! *L'Homme que j'aimais*, un beau titre ? Non, c'était un témoignage à charge. Autant mettre *L'Homme que j'aimais et qui n'existe plus* ou *L'Homme que j'aimais et que j'avais bien tort d'aimer*. C'était du vitriol, ce titre, un poison, une apocalypse, il adressait un message clair aux Français : « L'homme que vous avez aimé a tort, l'homme que vous avez cru digne, honnête et généreux n'est qu'un salaud », oui, ça signifiait carrément *L'Homme qui vous a trompé* !

– Rigaud !

Il avait hurlé dans le téléphone. Quelques secondes après, Rigaud pénétra essoufflé dans le bureau.

– Rigaud, partez au Canada. Débrouillez-vous comme vous l'entendez, volez-le, payez-le, photocopiez-le, mais apportez-moi au plus vite un exemplaire de ce livre. Tout de suite !

Trente-six heures plus tard, Rigaud atterrit à Roissy, monta sur une moto-taxi afin de raccourcir la traversée de Paris et déboula dans le cabinet présidentiel.

– Voici, monsieur, un exemplaire de *L'Homme que j'aimais*.

– Alors ?

– Quoi ?

– Vous l'avez lu.

– Je n'avais pas le droit, je n'avais pas d'instructions, vous ne vouliez pas...

– Rigaud, je vous connais ! Vous l'avez lu ! Non ?

– Si, monsieur le Président.

– Eh bien ? aboya Henri.

Le visage de Rigaud s'empourpra, son nez se tordit à droite, à gauche, puis il dit en détournant les yeux :

– C'est magnifique, monsieur... Bouleversant ! Le plus beau témoignage d'amour que j'aie jamais lu.

Il sortit de sa poche un vaste mouchoir déplié et humide.

– Excusez-moi, rien que d'y penser, j'en pleure encore.

Écarlate, il quitta la pièce en se mouchant.

Déconcerté, intrigué, inquiet, Henri saisit le volume et l'ouvrit.

« À chaque instant, depuis cette chambre où je suis venue attendre ma fin, je me réjouis pourtant. Mon cœur est plein, mon âme est reconnaissante : je l'ai rencontré. Certes je vais mourir mais si j'ai vécu, si j'ai vécu un peu, si j'ai vécu beaucoup, c'est grâce à lui, Henri. Et à lui seul.
Souvent je tremble en songeant que j'aurais pu ne pas me rendre dans ce bistro parisien où je cherchais des cigarettes, éviter cette table en formica où il reconstruisait – déjà – le monde avec ses amis étudiants. Dès que je le vis… »

Henri ne lâcha pas le ruban des phrases jusqu'au mot final. En fermant le volume, non seulement il sanglotait comme toutes les personnes qui, à l'avenir, allaient parcourir ce récit, mais il était transfiguré : il avait retrouvé Catherine, il l'adorait de nouveau.
Catherine agonisante avait composé un chant d'amour absolu, inouï, célébrant l'homme unique, celui qui l'avait enchantée, enthousiasmée, continuellement surprise, l'homme courageux, intelligent et déterminé qu'elle admirait.
Nos vies sont ainsi faites que le regard qu'on y jette les rend terribles ou merveilleuses. Des événements identiques peuvent être déchiffrés comme des réussites

ou des catastrophes. Si, pendant la brouille, Catherine avait interprété leur couple comme l'histoire d'un mensonge, elle l'avait revisitée, ses derniers mois sur terre, en y traquant un grand amour.

Il en est des destins comme des livres sacrés : c'est la lecture qui leur donne un sens. Le livre clos reste muet ; il ne parlera que lorsqu'il sera ouvert ; et la langue qu'il emploiera sera celle de celui qui s'y penche, teintée par ses attentes, ses désirs, ses aspirations, ses obsessions, ses violences, ses troubles. Les faits sont comme les phrases du livre, ils n'ont pas de sens par eux-mêmes, seulement le sens qu'on leur prête. Catherine avait été sincère en aimant Henri, sincère en le détestant ; à chaque fois, elle avait ordonné le passé en fonction de ce qu'elle sentait au présent. Sur le seuil de la mort, c'était l'amour qui dominait en elle de nouveau ; donc le fil d'or secret qui cousait les événements de leur vie, devenu le fil de l'écriture, avait été celui de l'amour.

Un mois après la parution triomphale du livre, l'infirmière dans la confidence de Catherine fut reçue en tête à tête par le Président à l'Élysée. Bien qu'il se montrât fort bienveillant, ou peut-être parce qu'il se montrait si bienveillant, elle lui demanda de l'excuser : si elle l'avait trompé naguère en ne rendant pas le cahier qu'il réclamait à la Maison de Rita, elle obéissait au souhait de Mme Morel.

– Si vous saviez comme elle vous idolâtrait, monsieur ! Elle vous attendait du matin au soir. Elle ne vivait que pour vous. Sachant sa fin proche, elle s'était fixé deux buts : écrire ce livre et ne pas gêner votre réélection. C'est pour vous qu'elle a résisté. Lorsqu'elle a assisté à votre succès à la télévision, le dimanche, elle a pleuré en disant : « C'est bon, il a gagné, maintenant je peux partir. » Quelques heures plus tard, elle s'enfonçait dans le coma. Seul un amour surhumain lui avait permis de tenir aussi longtemps.

L'ultime mandat d'Henri Morel, s'il fut discuté par les analystes politiques – comment en serait-il autrement ? – donna à tous, y compris à ses adversaires les plus coriaces, l'occasion d'admirer l'homme.

Non seulement on ne lui connut plus de maîtresses mais il entra dans une sorte de culte rendu à sa femme disparue, culte d'autant plus sincère qu'il s'avérait discret. Sous forme de photos, de tableaux, les portraits de Catherine envahirent l'espace intime du Président, même sa salle de bains. Avec son propre argent et l'appui de quelques mécènes, il ouvrit une fondation, la fondation Catherine-Morel, dédiée à l'art contemporain, passion de la défunte, afin d'encourager les jeunes artistes par des commandes, des voyages, des dotations. Parallèlement, le Président semblait rattraper le temps perdu et lire enfin les livres qu'elle lui avait conseillés autrefois. Chaque soir, il s'isolait dans leur ancien salon, mettait une musique dont elle raffolait, un parfum d'ambiance qu'elle avait choisi, et se plongeait dans ces volumes. Entre ces pages, au-delà de sa disparition, il la rejoignait et tentait de poursuivre – ou de nouer ? – le dialogue avec elle.

Cette dévotion intègre émut les âmes pures au-delà des frontières.

Quel sentiment ne porte pas sur sa peau son contraire, tel le tissu sa doublure ? Quel amour est libre de haine ? La main qui caresse saisira tout à l'heure le poignard. Quelle passion exclusive ignore la fureur ? N'est-on pas capable de tuer avec l'impulsion qui unit, celle par laquelle on transmet la vie ? Nos sentiments ne sont pas changeants mais ambigus, noirs ou blancs selon l'impact, tendus entre leurs contradictions, ondulants, serpentins, capables du pire comme du meilleur.

L'amour s'était égaré dans les couloirs du temps. Lui et Catherine s'étaient aimés d'abord, puis ratés, s'appréciant ensuite en différé, l'un s'enflammant quand l'autre détestait, or la mort avait aboli la réalité et ses déficiences. Le souvenir permettait de corriger les erreurs, de supprimer les quiproquos, de reconstruire. Désormais, pour Henri aussi, l'amour l'emportait. Sincèrement.

Lorsque, renonçant à un troisième mandat, le président Morel prit sa retraite, il épousa son passé. Solitaire, serein, souriant, le grand homme consacra les années restantes à la rédaction de ses mémoires. Pour la première fois, les confidences d'un chef d'État, si elles relataient bien son ambition et son œuvre politique, s'intitulaient simplement, en hommage à celle qui lui manquait et qu'il adorait par-dessus tout, *Un amour exemplaire.*

Ayant pris l'habitude, dans les secondes éditions de mes livres, d'adjoindre le journal d'écriture qui les a accompagnés, j'ai découvert que les lecteurs en appréciaient la teneur. Pour la première fois, j'ajoute ces pages à l'édition originale. Il s'agit des passages de mon journal concernant le livre en cours.

Hier matin, une idée a fait irruption dans mon esprit, si forte, si séduisante, si péremptoire, qu'en quarante-huit heures, sans gêne, elle s'est installée chez moi, a changé mes plans, mes dispositions, mes interrogations et s'est emparée de mon avenir. Elle me considère comme un partenaire qui lui obéit. Le pire? Elle amène sa famille avec elle.

Alors que je me suis contenté d'ouvrir la porte, me voici condamné, je n'ai plus le choix: je dois écrire.

Quelle est cette idée? Un homme néglige d'en secourir un autre dans sa jeunesse. Par cet acte, le criminel découvre sa monstruosité, s'en veut et se réforme radicalement. Vingt ans plus tard, tandis qu'il est devenu altruiste et généreux, sa victime le retrouve. Or la victime s'est également transformée: sa souffrance l'a rendue rancunière, aigrie, cruelle... Le trajet des deux hommes a inversé leurs positions: la victime est passée bourreau, l'assassin se comporte en homme bon. Une rédemption rencontre une damnation... Qu'arrivera-t-il?

Sitôt que j'eus noté cette idée, voilà que ses sœurs ont rappliqué. Ce thème de l'évolution des êtres selon leurs choix ou leurs traumatismes m'a apporté d'autres histoires.

Ce soir, j'en suis déjà à huit ou neuf. La joie m'empêche d'éprouver la fatigue.

Une certitude donc : voici un livre qui demande à naître.

*

Contrairement à ce que l'on pense, un livre de nouvelles est vraiment un livre, avec un thème et une forme. Si les nouvelles ont une autonomie qui permet qu'on les lise séparément, elles participent chez moi d'un projet global, lequel a son début, son milieu et sa fin.

L'idée du livre précède les nouvelles, elle convoque et crée les nouvelles dans mon imagination.

Ainsi avais-je conçu *Odette Toulemonde* et *La Rêveuse d'Ostende*.

Je ne constitue pas un bouquet en rassemblant des fleurs éparses, je recherche les fleurs en fonction du bouquet.

*

Parfois, il m'arrive d'écrire des nouvelles pour un événement, une cause, une commémoration. Ces nouvelles restent des feuilles volantes. Si un jour je les réunissais, je les nommerais *Nouvelles rassemblées*, afin de distinguer ce recueil des livres de nouvelles conçus comme une œuvre. Elles tiendront dans un volume, elles ne constitueront pas un volume.

*

« L'empoisonneuse »…

Comme toujours, le personnage auquel je prête ma plume m'a envahi. Me voilà métarmorphosé en vieille dame – j'ai l'habitude – serial killeuse de province – j'ai moins l'habitude… Comment les auteurs de romans noirs arrivent-ils à mener une vie normale ? Je crains pour mes proches… Depuis quelques jours, je deviens aussi vicieux que ma tueuse, je ne manifeste plus aucune charité, je tue les gens avec mes réflexions, j'en jubile. À la cuisine, au lieu de l'huile ou du vinaigre, je vois des fioles de poison, je rêve d'horribles choses en assaisonnant mes sauces. Hier soir, j'étais presque déçu de servir une fricassée de champignons qui ne comprenait rien de dangereux.

Même lorsque je ne rédige pas, le personnage ne me lâche plus. Il me hante et parfois parle à ma place. Non seulement le rôle me colle à la peau – ce n'est pas grave – mais à l'esprit. Il mobilise en moi tout ce qui lui ressemble. Si mon personnage est mauvais, il exalte ma méchanceté.

En écrivant *La Part de l'autre*, mon roman sur Hitler, j'avais déjà tremblé…

Cette nuit, j'étais tellement troublé que j'ai songé, pour me guérir, entamer une biographie de saint François d'Assise…

Ou de Casanova ?

Ces histoires parcourent les chemins de l'existence en se demandant s'ils sont les sentiers de la liberté ou les routes du déterminisme.

Sommes-nous libres ?

La question vit mieux que ses réponses, et survivra à toutes les réponses. Car il me semble malhonnête, ou cavalier, ou stupide, d'affirmer quoi que ce soit avec certitude.

Nous avons le sentiment de la liberté quand nous délibérons, hésitons, choisissons. Or ce sentiment n'est-il pas une illusion ? La décision prise ne devait-elle pas de toute façon être prise ? Si notre cerveau pose une option, n'est-il pas conditionné à la poser ? Et si c'était donc une nécessité déterminante qui emprunterait les habits du libre arbitre...

Les philosophes, choisissant le pôle Descartes – la liberté existe – ou le pôle Spinoza – elle n'existe pas –, s'opposent sans que ce combat dégage un vainqueur. Pourquoi ? Parce qu'ils se battent à coups d'arguments, pas à coups de preuves. Théorie contre théorie. Résultat : seul le problème demeure.

J'avoue que je suis plus touché par les partisans de la liberté, tels Kant ou Sartre, car j'ai eu l'impression en ma vie d'expérimenter ma liberté. En outre, j'ai besoin de croire à la liberté pour des raisons morales : il n'y a ni éthique ni justice fondées si l'homme n'est pas libre, auteur de ses actes, donc responsable ; pas de châtiment ni de mérite non plus. Blâme-t-on une pierre de tomber ? La punit-on ? Non.

Cependant, avoir besoin de la liberté pour des raisons morales, ce n'est pas savoir que la liberté existe. Postuler la liberté ne revient pas à démontrer la liberté.

La question subsiste.

Telle est l'intimité essentielle de la condition humaine : vivre avec davantage de questions que de réponses.

*

En ce mois d'octobre, j'effectue une tournée aux États-Unis et au Canada anglophone afin de présenter la traduction anglaise de mon premier livre de nouvelles, *Odette Toulemonde*, lequel est devenu par la magie de la traduction *The Most Beautiful Book in the World* (*Le Plus Beau Livre du monde*, d'après le dernier récit du recueil), ce qui est certainement aussi le titre le plus modeste au monde.

Il rencontre un bel accueil. Tiens ! Cela signifie que la France a bonne presse en ce moment, car la réception réservée aux très rares livres français publiés ici reflète la santé des relations internationales. Je m'amuse d'apprendre qu'il n'y a que les Français pour mêler l'anecdote et la philosophie, pour parler avec légèreté et profondeur de sujets graves. Aujourd'hui on applaudit. À d'autres périodes, on me l'a reproché...

Durant ces festivals de littérature, lors des lectures publiques où je me contrains à utiliser la traduction américaine, les réactions des auditeurs et lecteurs m'enchantent. Ils se jettent ensuite dans la librairie attenante, parfois à court de volumes, et se disent fascinés par mon sens des détails.

Pourtant, il y en a si peu dans mes livres... Mais c'est à travers ces éléments que je raconte le tout. Vieille tradition française qui dit «la lame» pour «l'épée» ou «la voile» pour le bateau. On appelle cela la synecdoque – dire la partie pour le tout – et, au-delà du style, j'étends la synecdoque à la dramaturgie, au processus narratif.

Effectivement, cette contamination de la synecdoque est surprenante dans l'univers anglo-saxon où l'on produit de gros livres, systématiquement gros, chargés de détails et de descriptions, résultat d'un travail gigantesque de recherche et de documentation, ces livres où les informations se déversent pendant des centaines de pages.

Je considère que l'art de l'écrivain, tel l'art du dessinateur, consiste à opérer des choix : poser un cadre juste, déterminer l'instant le plus juteux à raconter, dire beaucoup avec peu.

*

Amérique toujours... J'éprouve un authentique bonheur à découvrir livres et écrivains que je ne connaissais pas ; avec eux je passe des soirées autour d'un verre à refaire le monde et à repenser la littérature comme si nous avions vingt ans... Leur politesse humble et leur respect pour les autres me touchent, m'inspirent.

Cette après-midi, dans un auditorium bondé, plusieurs écrivains se succédaient en lecture. Les textes étaient bons, tous lus par leurs auteurs américains ou canadiens, j'avais pourtant l'impression d'une cuisine insuffisante, qui nourrit sans rassasier.

Assurément, réduit à quelques pages, aucun extrait de ces romans n'était autosuffisant puisqu'il renvoyait à l'ensemble du livre.

Il m'était donc facile de monter sur l'estrade avec une nouvelle entière et de délecter l'audience.

Ce qu'il y a de merveilleux avec les Américains, c'est qu'ils sont fair play. Mes collègues auteurs, loin d'être jaloux de mon succès, m'ont chaudement félicité.

Là encore, je me suis dit que j'avais des leçons à prendre...

*

À Toronto, je bavarde avec un critique littéraire. Autour de nous, des piles de livres où tout se mêle, les romans commerciaux lancés par un marketing insensé, les œuvres littéraires, les romans de vedettes sportives ou audiovisuelles qui ne sont pas célèbres pour avoir écrit mais écrivent parce qu'elles sont célèbres, etc. Une sorte de nausée m'envahit que je ne lui cache pas.

– Comment faites-vous pour trier et distinguer ces livres ? lui demandé-je.

– Je compte les morts.

– Pardon ?

– Je compte les morts. Plus de deux morts, c'est un livre commercial. Un ou deux morts, c'est de la littérature. Pas de morts, c'est un roman pour enfants.

*

« Le retour ».

Je l'écris loin de chez moi, tel le marin de mon histoire. Allant d'une chambre d'hôtel à une autre, je suis torturé par la nostalgie des miens. Dans l'impatience de les rejoindre, je compose ce texte pour eux, afin que, éventuellement, à mon arrivée, ils devinent combien ils m'ont manqué, combien je les aime, et surtout combien j'aimerais les aimer mieux.

Le labeur absorbe les heures, les mesures du temps deviennent les phrases, lesquelles n'ont jamais la même longueur.

Si je pouvais travailler ma vie comme une nouvelle, je deviendrais peut-être un homme merveilleux…

*

J'avais toujours douté que Vancouver existât réellement.

Située à l'ouest de l'ouest, à l'autre bout d'une Amérique qui se trouve elle-même à l'autre bout de l'océan, cette ville était un lieu abstrait, spéculatif, tel l'infini en mathématiques. Vancouver me semblait un horizon qui, comme tout horizon, recule à mesure qu'on avance, l'Occident suprême, l'Occident lointain.

Occident lointain encore plus lointain que l'Orient puisque c'est le rêve et la détermination des hommes qui les ont poussés à s'aventurer jusque-là. J'imaginais donc mal qu'il y ait de vraies rues, de vraies gens, des magasins, des théâtres, des journaux locaux.

Me voici sur la presqu'île de Grandville, quartier de culture alternative, en face des immeubles de verre où passent des nuages rapides.

J'aime aussitôt cet endroit. Et j'aime les lecteurs aux visages si variés qui sont eux-mêmes des livres car tous incarnent un roman, l'histoire de leur arrivée ici, l'histoire de leur physique – indien, asiatique, scandinave, allemand, anglais –, l'histoire de leur vie reconstruite.

Vancouver me plaît tant qu'elle s'invite dans ma nouvelle. Ce sera la patrie du « Retour ».

*

Revenu en Europe, je lisse les deux premiers textes.

Voyant l'autre jour quelqu'un grimacer au sujet des nouvelles, comme si ces récits courts signaient la paresse de l'auteur ou sa fatigue, je m'interrogeai sur le peu de considération qu'on éprouve en France pour cet art, malgré Maupassant, Daudet, Flaubert, Colette ou Marcel Aymé.

Préférer toujours le roman à la nouvelle, n'est-ce pas là une attitude de petit-bourgeois ? L'attitude qui pousse M. et Mme Fromage à acheter une peinture à l'huile pour leur salon au lieu d'un dessin ? « Un dessin, c'est plus petit, ça ne se voit pas de loin, et l'on ne sait jamais si c'est fini. »

Je me demande si ce n'est pas le mauvais goût cossu qui s'exprime. On veut de l'écriture pleine pâte, des chapitres avec des descriptions, des dialogues qui ont l'épaisseur du bavardage ; on exige des informations historiques si le roman est situé dans le passé, ou des dossiers journalistiques si cela se passe aujourd'hui. Bref, on aime le labeur, la sueur, la compétence affirmée, le travail qui se voit : on veut montrer la pièce aux amis, leur prouver qu'on ne s'est pas laissé plumer par l'artiste ou le marchand.

« Devant un roman de huit cents pages, s'exclame M. Fromage, on est sûr que l'auteur a travaillé. »

Peut-être pas, justement...

Réduire un récit à l'essentiel, éviter les péripéties inutiles, ramener une description à une suggestion, dégraisser l'écriture, exclure toute complaisance d'auteur, cela prend du temps, cela exige des heures d'analyse et de critique.

Au fond, si M. et Mme Fromage estiment que le roman « est plus de l'art que la nouvelle », c'est parce que c'est de l'art pompier.

*

En parcourant le paragraphe précédent, je me rends compte que je suis tombé dans le piège de la polémique : la pensée binaire.

Voilà que je pense comme ceux à qui je reproche de penser mal : j'oppose, je dualise, je valorise l'un contre l'autre. Stupide ! Penser, c'est accepter la complexité, or la polémique ne pense pas puisqu'elle réduit le complexe à deux.

En résumé, j'aime le roman autant que j'aime la nouvelle, mais chacun pour des raisons différentes.

*

Je reçois un prix en Italie pour *La Rêveuse d'Ostende*, mon deuxième livre de nouvelles. Ici, j'ai l'impression que les critiques ont parfaitement compris ce que j'essaie de faire car ils connaissent par cœur les *Leçons américaines* d'Italo Calvino, un de mes bréviaires. Qu'un intellectuel recherche la légèreté, la simplicité, ne les choque pas ; au contraire, ils applaudissent car ils savent combien c'est ardu. Avec la subtilité latine, ils ne confondent pas simplicité et simplisme.

Simplisme : l'ignorance des complexités.

Simplicité : les difficultés résolues.

*

À Vérone, j'apprends une jolie histoire.

Dans la première moitié du XXe siècle, un jardinier s'occupait d'entretenir le cimetière où se trouve le mausolée de Juliette. Les touristes venaient regarder sa tombe, les amoureux venaient s'y embrasser, et les malheureux y pleurer. Ému par les scènes auxquelles il assistait quotidiennement, le jardinier dressa des oiseaux pour que ceux-ci, à son ordre, viennent se poser sur l'épaule des âmes en peine, puis leur donnent, d'un coup de bec furtif, un baiser. Ce phénomène plut, intrigua, et, petit à petit, des lettres parvinrent du monde entier pour demander à Juliette des conseils amoureux.

Le jardinier prit l'habitude d'y répondre de sa belle plume en signant Juliette.

Lorsqu'il mourut, dans les années cinquante, les enveloppes continuèrent à s'amonceler avec, comme seule adresse, cette mention : «Juliette, Vérone, Italie ». Certains Véronais décidèrent de perpétuer cette pratique et ils créèrent le Club des Juliette, un groupe de sept femmes qui rédigeraient des lettres à l'intention des malheureux ou esseulés exposant leurs problèmes.

Hier soir, j'ai rencontré les sept Juliette d'aujourd'hui, des intellectuelles, des psychologues, des sociologues, des avocates qui correspondent avec des condamnés à mort du Texas ou un gardien de phare en Chine…

Étrange Vérone que les Italiens ont construite et qu'un anglais, Shakespeare, a rendue célèbre…

*

Comme d'habitude, je ne vis plus. L'écriture s'est emparée de moi et a placé tout ce qui ne la concerne pas en suspension. Mis entre parenthèses, je me réduis à un scribe, une main au service d'une urgence : les personnages qui veulent exister, l'histoire qui veut trouver ses mots.

Ces fêtes de décembre, je les traverse en fantôme. L'obsession me laisse quelques heures de répit où j'échange sincèrement avec mes parents, ma sœur, son mari, mes neveux, puis sitôt que je quitte une pièce, l'œuvre en cours se réempare de moi.

Parfois je me dis que l'écriture n'aime pas ma famille, mes amis. Telle une maîtresse intransigeante, elle m'isole, m'arrache à eux.

Sans doute est-ce pour cela que je les réintroduis, mes proches, dans le processus d'écriture. Je pense à eux, à leur future lecture, j'essaie de les surprendre, de les amuser, je parie sur ce que chacun appréciera ou non dans une page. Je les réintroduis comme lecteurs potentiels du texte que je rédige.

Mais sitôt en face d'eux, je ne suis plus là. Je fais semblant d'être moi et je me souviens qu'ils sont eux.

*

La nouvelle est une épure de roman, un roman réduit à l'essentiel.

Ce genre exigeant ne pardonne pas la trahison.

Si l'on peut utiliser le roman en débarras fourre-tout, c'est impossible pour la nouvelle. Il faut mesurer l'espace imparti à la description, au dialogue, à la séquence. La moindre faute d'architecture y apparaît. Les complaisances aussi.

Parfois, je songe que la nouvelle m'épanouit parce que je suis d'abord un homme de théâtre.

On sait depuis Tchekhov, Pirandello ou Tennessee Williams, que la nouvelle convient aux dramaturges. Pourquoi ? Le nouvelliste a le sentiment de diriger le lecteur : il l'empoigne à la première phrase pour l'amener à la dernière, sans arrêt, sans escale, ainsi qu'il est habitué à le faire au théâtre.

Les dramaturges aiment la nouvelle parce qu'ils ont l'impression qu'elle ôte sa liberté au lecteur, qu'elle le convertit en spectateur qui ne peut plus sortir, sauf à quitter définitivement son fauteuil. La nouvelle redonne ce pouvoir à l'écrivain, le pouvoir de gérer le temps, de créer un drame, des attentes, des surprises, de tirer les fils de l'émotion et de l'intelligence, puis, subitement, de baisser le rideau.

En fait, sa brièveté met la nouvelle au même plan que la musique ou le théâtre : un art du temps. La durée de la lecture – comme celle de l'écoute ou du spectacle – est régulée par le créateur.

La brièveté rend la lecture captive.

*

Je suis sensible à une chose dont j'entends peu parler : la juste taille d'un livre.

En tant que lecteur, j'estime que la plupart des livres que je parcours n'ont pas leur juste taille : celui-ci fait trois cents pages alors que le sujet en appelle cent, celui-là se limite à cent vingt tandis qu'il en commande cinq cents. Pourquoi la critique littéraire continue-t-elle à éviter ce critère ? Elle se contente généralement de souligner les longueurs, mais uniquement quand c'est terriblement flagrant.

Carence d'autant plus surprenante que, dans les autres arts, on mesure cette adéquation du fond et de la forme. En sculpture, on s'étonnera qu'un artiste cisèle un ensemble monumental dans une petite pierre ou découpe un pissenlit dans un granit de six mètres de haut ; en peinture, on saisit le rapport entre le cadre, sa dimension, et le sujet ; en musique, on juge parfois que tel ou tel matériel musical est insuffisant pour la durée de tel ou tel morceau. En littérature, jamais.

Je porte en moi cette conviction que chaque histoire a une densité propre qui exige un format d'écriture adapté.

Beaucoup de romans ne sont que du pâté d'alouettes : un cheval, une alouette, autrement dit davantage de remplissage que d'éléments purs. Bien souvent, ça tire à la ligne, les descriptions exhaustives virent au constat d'huissier, les dialogues miment la vie et détruisent le style, des théories se recyclent arbitrairement, les péripéties se multiplient comme un cancer.

Quand une maison d'édition new-yorkaise a publié *Monsieur Ibrahim et les fleurs du Coran* aux États-Unis, un des éditeurs m'a demandé si je ne pouvais pas recommencer ce récit de quatre-vingts pages pour en faire un minimum de trois cent cinquante pages en développant le destin de Mme Ibrahim, des parents de Momo, des grands-parents, des camarades d'école...

*

« Concerto à la mémoire d'un ange ».

Je l'écris sur la musique d'Alban Berg, qui m'ensorcelle et m'amène vers des sensations inouïes, des pensées neuves.

Ainsi je n'avais jamais noté combien l'âge nous rend libres. À vingt ans, nous sommes le produit de notre éducation mais à quarante ans, enfin, le résultat de nos choix – si nous en avons fait.

Le jeune homme devient l'adulte qu'a voulu son enfance. Tandis que l'homme mûr est l'enfant du jeune homme.

*

Peut-on changer? Et surtout change-t-on volontaire-
ment?

Me voilà encore, au cœur de ces histoires, confronté au
problème de la liberté...

Pour les partisans du déterminisme, il est clair que l'homme
ne change pas puisqu'il n'a aucune autonomie, aucun libre
arbitre. La volonté, ce leurre, n'est que le nom donné au
dernier conditionnement perçu. Si un individu devient différent, c'est sous l'effet de nouvelles forces coercitives – dres-
sage social – ou d'un traumatisme. Sauf en cas d'usure intime
de la machine, ça vient de l'extérieur...

Pour ceux qui croient à la liberté, l'affaire devient complexe. La volonté est-elle assez puissante pour altérer le tempérament?

Oui pour certains, ces ambitieux que j'appelle les *partisans
de la sainteté*. Qu'ils soient juifs, bouddhistes ou chrétiens,
qu'ils soient même athées comme Sartre, lequel dans *Le
Diable et le Bon Dieu* présente un héros, Goetz, qui passe
radicalement du mal au bien, ils croient à notre pouvoir
complet de métamorphose.

Non, pour d'autres, comme moi, ces circonspects que
j'appelle les *réparateurs*. L'homme ne change pas : il se corrige.
Il utilise son tempérament d'une autre manière, il l'infléchit, le
mettant au service d'autres valeurs. Ainsi, Chris, le héros du
«Concerto à la mémoire d'un ange», a poussé dans le culte de la
compétition, le rêve de l'excellence, influencé par une mère
malheureuse et frustrée. Après son presque meurtre, choqué, il
garde son caractère – énergique, combatif, épris de réussite –,

mais il le met au service du bien. Il reste le même quoiqu'il s'éclaire différemment : à l'ampoule individualiste, il a substitué l'ampoule altruiste.

*

Force de la volonté.

Sans elle nous aurions tous cédé à des pulsions de violence. Qui, soudain envahi par la colère, la peur, la rage, n'a pas désiré, le temps d'un éclair, frapper, voire tuer l'autre ?

Souvent je songe que nous sommes tous des assassins. La majorité de l'humanité, celle qui se maîtrise, est composée d'assassins imaginaires ; la minorité d'assassins réels.

*

Marguerite Yourcenar disait : on ne change pas, on s'approfondit. Semblablement, André Gide conseillait de suivre sa pente, pourvu que ce soit en montant.

Lorsque la volonté s'abouche à l'intelligence, l'homme devient un animal fréquentable.

*

Bruno et Yann découvrent le « Concerto à la mémoire d'un ange ». Ils reviennent vers moi, émus, en me disant que j'ai écrit une belle histoire d'amour.

Étonnement. Je ne m'en étais pas rendu compte.

*

«Un amour à l'Élysée».

En développant cette fable d'amour désynchronisée, je me sens presque au théâtre. Henri et Catherine sont des personnages forts, d'emblée spectaculaires. Virtuoses des apparences, porteurs de nombreux masques, ils ont la richesse des gens qui se contrôlent, la souffrance de ceux qui se taisent.

En même temps, la localisation du sujet tend des pièges : l'Élysée doit rester une toile de fond, le pouvoir un cadre justifiant que les êtres qui l'habitent craignent l'opinion.

J'ai été obligé de rédiger le début plusieurs fois pour trouver l'angle juste, celui, très simple, qui nous met en sympathie avec une femme isolée qui se sent abandonnée.

*

Si cette nouvelle, «Un amour à l'Élysée», clôt le livre, c'est parce qu'elle en donne les clés : comme Henri et Catherine, les hommes s'égarent dans les couloirs du temps, ils ne vivent quasi jamais les mêmes sentiments simultanément, mais subissent des décalages douloureux.

Ainsi l'empoisonneuse et son abbé se ratent...

Ainsi Greg, le matelot, oublie d'être père quand ses filles sont encore des enfants.

Ainsi Chris et Axel sont trop différents l'un de l'autre pour s'apprécier ; et quand ils changent, c'est symétriquement, ce qui reproduit la distance...

Si un jour, les explications nous permettent de comprendre ce que nous avons raté, elles ne le réparent pas.

La rédemption que permet la prise de conscience intervient souvent trop tard. Le mal est accompli... S'amender n'efface rien de ce qui a été commis. Les filles de Greg, le mécanicien du cargo, souffriront toujours d'avoir été mal aimées et peu regardées...

J'aurais pu appeler ce livre *Les décalages amoureux.*

*

Rita, la madone des causes désespérées, la sainte de l'impossible, surgit, tel un diamant à facettes dans ces histoires. Tantôt l'éclat est ironique, tantôt déclencheur, tantôt cynique, tantôt porteur d'espoir. Sa récurrence a l'ambiguïté du bien : ce qui apparaît bon à l'un provoque le malheur de l'autre, ce qui perd Paul sauvera Pierre.

Sainte Rita, c'est un objet qui ne raconte rien mais un objet par lequel on se raconte.

Ce leitmotiv n'est pas une explication donnée par moi, l'écrivain, plutôt une pique, une suscitation, un noyau mystérieux qui doit forcer le lecteur à réfléchir.

Ce matin encore, j'ai reçu des lettres de collégiens allemands qui avaient étudié *Monsieur Ibrahim et les fleurs du Coran.* Au milieu de compliments, l'un d'eux se plaignait cependant : « Pourquoi n'avez-vous pas expliqué la raison pour laquelle Monsieur Ibrahim répète : "Je sais ce qu'il y a dans mon Coran" » ?

Je lui ai répondu en une phrase :

« Parce que je voulais que vous la trouviez par vous-même... »

*

Quand un livre est achevé, sa vie commence.

À partir de ce soir, je n'en suis plus l'auteur. Ses auteurs seront désormais les lecteurs…

Voltaire disait que les meilleurs livres sont ceux écrits à moitié par l'imagination du lecteur.

Je souscris à son idée, mais, au fond de moi, j'ai toujours envie d'ajouter : pourvu que le lecteur ait du talent…

*

Précision : que le lecteur ait, éventuellement, plus de talent que moi ne me gêne pas du tout. Au contraire…

Table

DU MÊME AUTEUR

Aux Éditions Albin Michel

Romans

LA SECTE DES ÉGOÏSTES, 1994.
L'ÉVANGILE SELON PILATE, 2000, 2005.
LA PART DE L'AUTRE, 2001.
LORSQUE J'ÉTAIS UNE ŒUVRE D'ART, 2002.
ULYSSE FROM BAGDAD, 2008.

Nouvelles

ODETTE TOULEMONDE ET AUTRES HISTOIRES, 2006.
LA RÊVEUSE D'OSTENDE, 2007.

Le cycle de l'invisible

MILAREPA, 1997.
MONSIEUR IBRAHIM ET LES FLEURS DU CORAN, 2001.
OSCAR ET LA DAME ROSE, 2002.
L'ENFANT DE NOÉ, 2004.
LE SUMO QUI NE VOULAIT PAS GROSSIR, 2009.

Autobiographie

MA VIE AVEC MOZART, 2005.

Essai

DIDEROT OU LA PHILOSOPHIE DE LA SÉDUCTION, 1997.

Théâtre

LA NUIT DE VALOGNES, 1991.
LE VISITEUR (Molière du meilleur auteur), 1993.
GOLDEN JOE, 1995.
VARIATIONS ÉNIGMATIQUES, 1996.
LE LIBERTIN, 1997.
FREDERICK OU LE BOULEVARD DU CRIME, 1998.
HÔTEL DES DEUX MONDES, 1999.
PETITS CRIMES CONJUGAUX, 2003.
MES ÉVANGILES (*La Nuit des Oliviers, L'Évangile selon Pilate*), 2004.
LA TECTONIQUE DES SENTIMENTS, 2008.

Le Grand Prix du Théâtre de l'Académie française 2001
a été décerné à Éric-Emmanuel Schmitt
pour l'ensemble de son œuvre.
Site Internet : eric-emmanuel-schmitt.com

Composition IGS-CP
Impression CPI Bussière en mai 2010
à Saint-Amand-Montrond (Cher)
Editions Albin Michel
22, rue Huyghens, 75014 Paris
www.albin-michel.fr

ISBN : 978-2-226-19591-3
N° d'édition : 19088/05. – N° d'impression : 101563/4.
Dépôt légal : mars 2010.
Imprimé en France.